Los Problemas de la Filosofía

Por

Bertrand Russell

Capítulo I

Apariencia y realidad

¿Existe algún conocimiento en el mundo que pueda ser tan cierto que ningún hombre razonable pueda dudar de él? Esta pregunta, que a primera vista puede no parecer difícil, es realmente una de las más complicadas que se pueden hacer. Cuando nos damos cuenta de los obstáculos que hay para dar una respuesta directa y confiable a esta pregunta, estamos ya en el camino del estudio de la filosofía — porque la filosofía es, simplemente, el intento de dar respuesta a ese tipo de preguntas, sin premura y sin dogmatismos, tal como se hace en la vida común e inclusive en las ciencias, sino críticamente, después de explorar todo lo que hace de esas preguntas un verdadero rompecabezas y después que nos hayamos percatado de toda la vaguedad y la confusión en las que se basan nuestras ideas comunes.

En la vida diaria tomamos como ciertas muchas cosas que, después de una revisión escrupulosa, las encontramos tan llenas de aparentes contradicciones que sólo una gran cantidad de pensamiento nos permite saber lo que realmente podemos creer. En la búsqueda de la certeza, es natural empezar con nuestras experiencias más inmediatas y, en cierto sentido, sin duda, el conocimiento podrá ser deducido de ellas. Pero cualquier aseveración sobre lo que es por medio de lo que nuestras experiencias inmediatas nos dan a conocer seguramente estará errada. Me parece que yo estoy ahora sentado en una silla, enfrente de una mesa que tiene cierta forma, sobre la que veo hojas de papel escritas o impresas. Al girar mi cabeza veo a través de la ventana edificios, y nubes, y el sol. Yo creo que el sol está a aproximadamente noventa y tres millones de millas de la Tierra, que es un globo incandescente muchas veces más grande que la Tierra; que debido a la rotación de nuestro planeta amanece cada mañana y que seguirá amaneciendo por una cantidad indeterminada de tiempo en el futuro. Yo creo que, si otra persona normal entra a mi habitación, verá las mismas sillas, y mesas, y libros, y hojas de papel que yo veo, y que la mesa que veo es la misma que siento cuando apoyo mi brazo sobre ella. Todo esto parece tan evidente que hasta apenas merece la pena mencionarlo, a menos que tenga que hacerlo frente a un hombre que dude si sé realmente algo. Sin embargo, todo esto puede ser razonablemente puesto en duda, y todas las aseveraciones hechas con anterioridad requieren de una cuidadosa discusión antes de que podamos estar seguros de poderlas expresar de tal manera que sean completamente ciertas.

Para simplificar nuestras dificultades, concentremos nuestra atención en la mesa. Al sentido de la vista es oblonga, café y brillante; para el tacto es lisa, y fría, y dura; cuando la golpeo suavemente escucho un sonido como el que emite la madera. Cualquier otro que vea, sienta y escuche la mesa estará de acuerdo con esta descripción, de tal forma que parecerá que ninguna dificultad podrá surgir; mas cuando queremos ser más precisos empiezan nuestros problemas. A pesar de que creo que la mesa es "realmente" del mismo color en toda su extensión, las zonas que reflejan la luz parecen ser mucho más brillantes que las demás, y algunas partes se ven blancas porque reflejan aún más esa luz. Yo sé que, si me muevo, las zonas que reflejan la luz serán distintas, así que la aparente distribución de los colores sobre la mesa cambiará. Se sigue que si varias personas están viendo la mesa en el mismo momento, ni siquiera dos de ellas verán exactamente la misma distribución de colores, porque ninguna de ellas la ve desde exactamente el mismo ángulo, y cualquier diferencia en el punto de vista provoca algún cambio en el modo en que la luz es reflejada.

Para los propósitos más prácticos estas diferencias son irrelevantes, pero para un pintor son de suma importancia: el pintor debe desaprender el hábito mental que dice que las cosas parecen tener "realmente" el color que el sentido común les dicta, y aprender a formar el hábito de ver las cosas como ellas aparentan ser. Aquí tenemos ya el principio de una de las distinciones que causan los mayores problemas en filosofía — la distinción entre "apariencia" y "realidad", entre lo que las cosas parecen ser y lo que son. El pintor quiere saber lo que las cosas aparentan ser, el hombre práctico y el filósofo quieren saber lo que son; pero el deseo del filósofo de saber lo anterior es mucho más intenso que en el hombre práctico, y está más preocupado por adquirir dicho conocimiento como también de las dificultades para responder a esta pregunta.

Regresando a la mesa. Es evidente que lo que hemos hallado hasta ahora es que no hay color que en apariencia sea predominantemente el color de la mesa, o inclusive en cualquiera de sus partes — la mesa aparenta tener diferentes colores desde distintos puntos de vista, y no hay razón para suponer que algunos de estos colores aparentes sean realmente el color de la mesa más que otros. Y nosotros sabemos que inclusive en un punto de vista determinado el color será diferente si es iluminado con luz artificial, o si es visto por un daltónico, o por un hombre que usa anteojos con cristales azules, mientras que en la oscuridad no habrá color alguno, a pesar de que no habrá cambios en la mesa al tacto o cuando escuchamos el sonido que se produce al golpearla ligeramente. Cuando, en la vida común, hablamos del color de la mesa, nos referimos al tipo de color que aparece ante el espectador normal, desde un punto de vista ordinario y bajo condiciones de iluminación usuales. Pero los otros colores que aparecen bajo distintas condiciones tienen también el derecho de ser considerados como reales; y por lo tanto, para evitar el favoritismo, estamos obligados a negar que, en sí misma, la mesa puede tener algún color en particular.

Lo mismo se puede aplicar a la textura. A simple vista uno puede ver la veta de la madera, pero por otro lado la mesa se ve suave y pareja. Si la vemos a través de un microscopio, veremos una superficie accidentada con valles y colinas y todo tipo de particularidades que no se ven a simple vista. ¿Cuál de estas dos es la mesa real? Estamos naturalmente tentados a decir que lo que se ve a través del microscopio es más real, pero esa aseveración cambiará si utilizamos un microscopio todavía más potente. Si, entonces, no podemos confiar en lo que vemos a simple vista, ¿por qué entonces habremos de confiar en lo que vemos a través de un microscopio? De este modo, otra vez, la confianza que teníamos al principio en nuestros sentidos nos ha abandonado.

La forma de la mesa no mejora las cosas. Tenemos el hábito de juzgar como "reales" las formas de las cosas, y hacemos esto de manera tan irreflexiva que creemos ver las formas reales. Pero, de hecho, tenemos que aprender, cuando empezamos a dibujar, que una cosa en particular se ve de diferente forma desde distintos ángulos. Si nuestra mesa es "realmente" rectangular se verá, desde casi cualquier punto de vista, como si tuviera dos ángulos agudos y dos obtusos. Si los lados opuestos son paralelos, ellos se verán como si convergieran en un punto que se encuentra más allá del espectador; si son del mismo largo, se verán más largos conforme estén más cerca del espectador. Todas estas cosas no son normalmente advertidas cuando se ve una mesa, ya que la experiencia nos ha enseñado a construir la forma "real" a partir de una forma aparente, y la forma "real" es la que nos interesa como hombres prácticos. Pero la forma "real" no es lo que vemos; es algo que se infiere de lo que vemos. Y lo que vemos cambia de forma constantemente conforme nos movemos alrededor del cuarto; así que también aquí los sentidos parecen no darnos la verdad con respecto a la mesa, mas únicamente la apariencia de la mesa.

Dificultades similares emergen cuando consideramos el sentido del tacto. Es verdad que la mesa siempre nos da la sensación de dureza, y nosotros sentimos que resiste a la presión que le imprimimos. Pero la sensación que obtenemos depende de qué tan duro presionemos la mesa e inclusive con qué parte de nuestro cuerpo la presionemos; así tenemos distintas sensaciones debido a las distintas presiones ejercidas o las distintas partes del cuerpo que hayamos utilizado para presionar la mesa, y éstas no pueden ser supuestas para revelar directamente una propiedad definitiva de la mesa, pero a lo mucho ser signos de alguna propiedad que probablemente cause todas las sensaciones, pero que no es del todo evidente en cualquiera de ellas. Y lo mismo se puede aplicar con mayor obviedad a los sonidos que pueden ser producidos al golpetear la mesa.

Entonces se nos hace evidente que la mesa real, si hay alguna, no es la misma a la que nosotros de forma inmediata experimentamos ya sea por la vista, o por el tacto, o por el oído. La mesa real, si hay alguna, no es inmediatamente conocida por nosotros. De lo anterior surgen simultáneamente dos preguntas muy complejas, a saber: (1) ¿Existe realmente una mesa? (2) Si es así, ¿qué clase de objeto podrá ser?

Nos ayudará considerar las preguntas anteriores para obtener algunos términos simples cuyos significados sean definitivos y claros. Demos el nombre de "informaciones sensoriales" a las cosas que nos son inmediatamente conocidas a través de los sentidos: es decir, colores, sonidos, olores, dureza, textura, y demás. Daremos el nombre de "sensación" a la experiencia que obtenemos cuando nos damos cuenta de estas cosas. Entonces, cuando vemos un color, tenemos la sensación de ese color, pero el color en sí es un dato sensorial, no una sensación. El color es la cosa que inmediatamente percibimos, y el acto de percibir es la sensación. Está claro que si habremos de conocer algo con respecto a la mesa deberá ser a través de las informaciones sensoriales — color café, forma oblonga, suavidad, etc. — que asociamos con la mesa; pero por las razones que hemos encontrado, no podemos decir que la mesa es las informaciones sensoriales, o que inclusive las informaciones sensoriales son las propiedades directas de la mesa. Luego, un problema surge con relación a las informaciones sensoriales y a la mesa real, suponiendo que tal cosa exista.

La mesa real, si la hay, la llamaremos un "objeto físico". Entonces debemos considerar la relación entre las informaciones sensoriales y los objetos físicos. El conjunto de todos los objetos físicos es llamado "materia". De aquí se desprende que nuestras dos preguntas deberán ser replanteadas de la forma siguiente: (1) ¿Existe la materia? (2) Si es así, ¿cuál es su naturaleza?

El filósofo que por vez primera puso en primer plano las razones para considerar los objetos inmediatos de nuestros sentidos como no existentes independientemente de nosotros fue el obispo Berkeley (1685-1753). Sus Tres diálogos entre Hilas y Filón, en oposición a los escépticos y a los ateos, nos prueban que no hay tal cosa como la materia, y que el mundo sólo consiste de mentes y sus ideas. Hilas había creído en la materia, pero como no se compara intelectualmente a Filón, quien lo dirige sin piedad hacia contradicciones y paradojas, este último le hace ver que su negación de la existencia de la materia parezca, al final, producto casi del sentido común. Los argumentos empleados son de valor distinto: algunos son importantes y lógicos, otros son confusos o irrelevantes. Pero Berkeley tiene el mérito de haber mostrado que la existencia de la materia puede ser negada sin caer en el absurdo, y que si hubiera cualesquiera objetos que existan independientemente de nosotros, éstos no pueden ser los objetos inmediatos de nuestras sensaciones.

Hay dos cuestiones distintas involucradas cuando nos preguntamos si la materia existe, y es muy importante mantenerlas bien claras. Normalmente significamos por "materia" algo que se opone a la "mente", algo que creemos que ocupa espacio y que es radicalmente incapaz de cualquier tipo de pensamiento o conciencia. Es principalmente en este sentido en el que Berkeley niega a la materia; es decir, él no niega las informaciones sensoriales que tomamos normalmente como signo de la existencia de la mesa, como realmente signo de la existencia de algo independiente de nosotros, pero sí niega que algo sea nomental, que no sea mente o ideas producidas por una mente. Él admite que debe haber algo cuya existencia continúa cuando nos salimos del cuarto o cuando cerramos los ojos, y que lo que llamamos ver la mesa nos da la razón para creer en ese algo que persiste inclusive cuando no la vemos. Pero él cree que este algo no puede ser radicalmente diferente a la naturaleza de lo que vemos y que no puede ser independiente de lo que se ve en conjunto, a pesar de que debe ser independiente de nuestra vista. Esto lo llevó a considerar a la mesa "real" como una idea en la mente de Dios. Tal idea tiene la permanencia requerida e independiente de nosotros, sin ser — como la materia sería de otra manera — algo que no se pueda conocer, en el sentido de que sólo podríamos inferirla y que no podríamos nunca percibirla de forma directa e inmediata.

Otros filósofos después de Berkeley han sostenido lo anterior, a pesar de que la existencia de la mesa no depende que yo la vea, depende que sea vista (o de otra forma aprehendida por la sensación) por alguna mente — no necesariamente la mente de Dios, pero más comúnmente por la mente colectiva del universo. Esto es lo que sostienen, como lo hace Berkeley, principalmente porque ellos piensan que no hay nada real — o en algún sentido algo que se pueda conocer como real — excepto las mentes y sus pensamientos y sus sentimientos. Podemos establecer el argumento por el que ellos basan su visión de la siguiente forma: "Lo que sea que pueda ser pensado es una idea en la mente de la persona que piensa en ella; por lo tanto nada puede ser pensado excepto ideas en las mentes; luego todo lo demás es inconcebible y lo que es inconcebible no existe."

Tal argumentación, en mi opinión, es falsa; y, por supuesto, aquellos que la sostienen no lo hacen tan tajantemente o cruelmente. Pero, válida o no, la argumentación se ha desarrollado ampliamente ya sea en una forma o la otra, y muchos y distintos filósofos, tal vez la mayoría, han sostenido que no hay nada real excepto las mentes y sus ideas. Tales filósofos se conocen como "idealistas". Cuando explican la materia, ellos dicen, como Berkeley, que la materia no es realmente algo más que un conjunto de ideas, o dicen, como Leibniz (1646-1716), que lo que aparenta ser materia es realmente un conjunto de más o menos mentes rudimentarias.

Pero estos filósofos, a pesar de que niegan a la materia como opuesta a la mente, en otro sentido admiten la materia. Se recordará que hemos hecho dos preguntas, a saber: (1) ¿Hay realmente una mesa? (2) Si es así, ¿qué clase de objeto puede la mesa ser? Tanto Berkeley y Leibniz admiten que hay una verdadera mesa, pero Berkeley dice que es ciertas ideas en la mente de Dios, y Leibniz dice que es una colonia de almas. Sin embargo, ambos responden a la primera pregunta de forma afirmativa y sólo divergen de nuestra visión de simples mortales en la respuesta a la segunda pregunta. De hecho, casi todos los filósofos parecen haberse puesto de acuerdo de que hay una mesa real: casi todos coinciden en ello, pero gran parte de nuestras informaciones sensoriales — color, forma, suavidad, etc. — dependen de nosotros, mas su presencia es un signo de que algo existe independientemente de nosotros, algo que difiere, tal vez, completamente de nuestras informaciones sensoriales, y aún así que pueda ser atribuido como causa de esas informaciones sensoriales cuando estamos en una relación adecuada con la mesa real.

Ahora, este punto en el cual los filósofos han coincidido — el punto de vista de que existe una mesa real, cualquiera que sea su naturaleza — es obviamente de vital importancia, y valdría la pena considerar qué razones hay para aceptar este punto de vista antes de que sigamos más adelante con la cuestión de la naturaleza de la mesa real. Nuestro siguiente capítulo, por lo tanto, estará enfocado con las razones para suponer que, en efecto, hay una mesa real.

Antes de continuar, estará bien considerar por un momento qué es lo que hemos descubierto hasta ahora. Hemos descubierto que, si tomamos cualquier objeto común del tipo que supuestamente puede ser conocido por nuestros sentidos, lo que éstos inmediatamente nos informan no es la verdad sobre el objeto que está aparte de nosotros, pero sólo la verdad sobre ciertas informaciones sensoriales que, lo máximo que podemos llegar a percibir, depende de cómo estemos relacionados con el objeto. Pero lo que directamente vemos y sentimos es tan sólo "apariencia", nosotros creemos que esta apariencia es un signo de cierta "realidad" que hay detrás. Pero si la realidad no es lo que aparenta, ¿tendremos algún recurso para conocer esta realidad? Y si es así, ¿tendremos algún recurso para dilucidar su naturaleza?

Tales preguntas nos confunden y es difícil saber que inclusive las hipótesis más extravagantes no puedan ser verdaderas. Mas nuestra mesa común, que ha salido de nuestros más nimios pensamientos antes de ahora, se ha convertido en un problema lleno de sorprendentes posibilidades. Lo único que sabemos sobre ella es que no es lo que parece ser. Más allá de este modesto resultado, hasta ahora, tenemos la más completa libertad de conjeturar lo que sea. Leibniz nos ha dicho que nuestra mesa es una comunidad de almas; Berkeley, que es una idea en la mente de Dios; la sobria ciencia, ligeramente menos imaginativa, nos dice que es una vasta colección de cargas eléctricas en violento movimiento.

Entre todas estas sorprendentes posibilidades, la duda nos sugiere que tal vez esta mesa no exista del todo. La filosofía, si no puede responder a todas las preguntas que nosotros deseáramos, tiene al menos el poder de hacer las preguntas que incrementan nuestro interés por el mundo, y que así muestran lo extraño y lo maravilloso que está justo debajo de la superficie de inclusive las cosas más comunes de nuestra vida cotidiana.

Capítulo II

La existencia de la materia

En este capítulo nos preguntaremos si, en cierto sentido, existe tal cosa como la materia. ¿Hay alguna mesa que posea una naturaleza intrínseca y que ésta perdure cuando yo no la esté viendo, o es la mesa simplemente un producto de mi imaginación, una mesa soñada en un sueño muy prolongado? Esta pregunta es de suma importancia. Ya que si no podemos estar seguros de la independencia de la existencia de los objetos, tampoco podemos estar seguros de la existencia independiente del cuerpo de otras personas, y por lo tanto mucho menos de las mentes de esas personas, ya que no tenemos base alguna para creer en sus mentes excepto que sean derivadas de la observación de sus cuerpos. Entonces, si no podemos estar seguros de la independencia de la existencia de los objetos, estaremos solos en un desierto — podrá ser que todo el mundo exterior sea nada más que un sueño y que sólo nosotros existimos. Esta es una posibilidad muy incómoda; pero a pesar de que no puede ser estrictamente comprobada de ser falsa, tampoco existe la más mínima razón para suponer que sea cierta. En este capítulo debemos ver por qué esto es pertinente.

Antes de que nos embarquemos en materia de dudosa naturaleza, permítasenos intentar encontrar un punto más o menos fijo desde el cual empezar. A pesar de que dudemos sobre la existencia física de la mesa, no dudamos de la existencia de la información sensorial que nos hizo pensar que había una mesa; no dudamos que, cuando miramos, un cierto color y forma aparecieron ante nosotros, y que mientras presionamos, experimentamos cierta sensación de dureza. Todo esto, que es psicológico, no es cuestionado. De hecho, de lo que sea que se pueda dudar, al menos algunas de nuestras experiencias inmediatas parecen ser absolutamente ciertas.

Descartes (1596-1650), el fundador de la filosofía moderna, inventó un método que puede ser aún utilizado con beneficio — el método de la duda metódica. Él determinó que no creería en nada como cierto que no fuera claro y distinto. Cualquier cosa que para él fuera dudosa, dudaría de ella, hasta que tuviera alguna razón para no dudar de ella. Por medio de la aplicación de este método gradualmente se convenció de que la única existencia de la cual podría estar completamente seguro fue de la suya propia. Él imaginó un demonio tramposo que le presentaba cosas irreales a sus sentidos en una especie de fantasmagoría perpetua; puede ser muy improbable que tal demonio existiera, pero de todas formas esto podía ser posible, y por lo tanto la duda con respecto a las cosas percibidas por los sentidos era plausible.

Pero dudar de la propia existencia no era posible, ya que si él no hubiera existido, ningún demonio podría haberlo engañado. Si él dudaba, entonces él debía existir. Así su propia existencia era una absoluta certeza para él. "Pienso, luego soy", dijo (Cogito, ergo sum); con base en esta certeza él se puso a trabajar para construir de nuevo el mundo del conocimiento que su duda metódica había convertido en ruinas. Por medio de la invención de la duda metódica, y a través de la demostración de que las cosas subjetivas son las más ciertas, Descartes le hizo un gran servicio a la filosofía, y de tal forma que lo hacen todavía útil para todos los estudiantes de la materia.

Pero cierto cuidado es necesario cuando se usa el método cartesiano. "Pienso, luego soy" dice mucho más de lo que es estrictamente cierto. Podrá parecer que estemos bastante seguros de ser la misma persona hoy de la que fuimos ayer, y esto es sin duda cierto en algún sentido. Pero al verdadero Yo es tan difícil de llegar como a la mesa real, y parece ser que no tiene esa certeza absoluta, convincente que pertenece a las experiencias particulares. Cuando yo veo mi mesa y veo cierto color café, lo que es muy cierto en ese momento no es "Yo estoy viendo un color café", sino más bien "un color café está siendo visto". Esto, por supuesto, implica que algo (o alguien) ve el color café; pero no implica a la persona más o menos permanente a la cual llamo "Yo". Con respecto a la certeza inmediata, puede ser que ese algo que ve el color café es más bien algo momentáneo, y no lo mismo a ese algo que tiene otra experiencia diferente en el momento siguiente.

Pero son nuestros pensamientos y sentimientos los que tienen esa certeza primigenia. Y esto se aplica tanto para los sueños y las alucinaciones como para las percepciones normales: cuando nosotros soñamos o cuando vemos a un fantasma, ciertamente tenemos las sensaciones que pensamos tener, pero por diversas razones se sostiene que ningún objeto físico corresponde a estas sensaciones. Entonces la certeza del conocimiento de nuestras propias experiencias no debe ser limitada de ninguna manera y así permitir los casos excepcionales. Aquí, por lo tanto, tenemos, de lo que vale la pena, una base sólida desde la cual podemos empezar la búsqueda del conocimiento.

El problema que debemos considerar es el que sigue: concediendo que estamos seguros de las informaciones sensoriales, ¿tendremos alguna razón para considerar éstas como signo de la existencia de algo más, que podremos llamar el objeto físico? Cuando hemos enumerado toda la información sensorial que naturalmente consideremos como pertinente a la mesa, ¿hemos dicho todo lo que se pueda decir sobre la mesa, o hay algo más — algo que no sea una información sensorial, algo que persista cuando nosotros salimos de la habitación? El sentido común, sin duda, responde que sí lo hay. Lo que puede ser comprado, vendido y empujado, y tener un mantel encima de él y demás no puede ser simplemente una colección de informaciones sensoriales. Si el mantel esconde completamente a la mesa y, por lo tanto, si la mesa es tan sólo informaciones sensoriales, entonces ésta habría dejado de existir y el mantel estaría suspendido en el aire, descansando por medio de un milagro en el mismo lugar en donde se encontraba la mesa. Esto parece simplemente absurdo; pero cualquiera que desee convertirse en filósofo debe aprender a perderle el miedo al absurdo.

Una gran razón por la cual se sigue que debemos anclar el objeto físico a las informaciones sensoriales, es la de que queremos el mismo objeto para distintas personas. Cuando diez personas están sentadas alrededor de una mesa, parece ridículo sostener que ellas no están viendo el mismo mantel, los mismos cuchillos, y tenedores, y cucharas, y vasos. Pero la información sensorial es privada para cada persona en particular; lo que está inmediatamente presente a la vista de uno no es inmediatamente presente a la vista de otro: todos ven las cosas desde un punto de vista apenas distinto. Entonces, si son públicos los objetos neutrales, que pueden ser de cierta forma conocidos por distintas personas, debe de haber algo sobre o arriba de las informaciones sensoriales privadas y particulares que se presentan a varias personas. ¿Qué razón hay, entonces, para creer en la existencia de tales cosas como los objetos públicos neutrales?

La primera respuesta que se le ocurre a uno es que a pesar de que personas diferentes pueden ver la mesa de forma ligeramente distinta, todavía ellas siguen viendo más o menos las mismas cosas cuando ven la mesa, y las variaciones de lo que ven siguen las leyes de la perspectiva y la reflexión de la luz, así que es fácil llegar al objeto permanente que se encuentra detrás de todas las informaciones sensoriales de las distintas personas. Yo le compré la mesa al inquilino anterior; no pude comprarle sus informaciones sensoriales, que dejaron de existir cuando él se fue, pero sí pude y de hecho le compré la confiada expectativa de obtener más o menos las mismas informaciones sensoriales. Entonces existe el hecho de que personas distintas tengan informaciones sensoriales similares, lo que nos hace suponer que arriba y sobre las informaciones sensoriales existe un objeto público y permanente que soporta o causa las informaciones sensoriales a varias personas en varios períodos de tiempo.

Ahora, como hasta aquí las consideraciones arriba mencionadas dependen sobre la suposición de que hay más personas además de nosotros, estamos omitiendo aquí la misma pregunta en cuestión. Las otras personas me son presentadas por ciertas informaciones sensoriales, y entonces yo no debo tener razón alguna para creer que otras personas existen excepto como parte de mi sueño. Luego, cuando intentamos demostrar que debe haber objetos independientes de mis informaciones sensoriales, no podemos apelar al testimonio de otras personas, ya que este testimonio en sí consiste de informaciones sensoriales, y no revela experiencias de otras personas a menos que nuestras informaciones sensoriales sean un signo de que las cosas existen independientemente de nosotros. Debemos entonces, si es posible, encontrar, en nuestras experiencias puras y privadas, las características que muestran, o que tienden a mostrar, que hay en el mundo cosas distintas a nosotros y de nuestras experiencias privadas.

En cierto sentido debe ser admitido que nunca podremos probar la existencia de las cosas fuera de nosotros y de nuestras experiencias. No se obtiene un resultado lógico absurdo de la hipótesis de que el mundo consiste en mí mismo y en mis pensamientos, y en mis sentimientos, y en mis sensaciones, y que todo lo demás es imaginario. En los sueños, un mundo bastante complejo puede hacerse presente, y aún cuando nos despertamos encontramos que tan sólo fue una ilusión; debe decirse entonces, que encontramos que las informaciones sensoriales en el sueño no parecen haber correspondido con ciertos objetos físicos como se hubiera inferido de las mismas informaciones sensoriales. (Es cierto que, cuando el mundo físico es asumido, es posible encontrar causas físicas que provocaron las informaciones sensoriales durante los sueños: una puerta que se azota, por ejemplo, puede causar que soñemos en una batalla naval. Mas sin embargo, en este caso, hay una causa física para la información sensorial; es verdad que no hay un objeto físico que corresponda a las informaciones sensoriales que obtuvimos durante el sueño, ya que su forma hubiera sido muy distinta durante una verdadera batalla naval.) No existe impedimento lógico en la suposición de que la vida en su totalidad sea un sueño en el que creamos todos los objetos que se nos presentan. Mas aunque esto no es lógicamente imposible, no hay alguna razón para suponer que es verdadera; y, de hecho, hay una hipótesis mucho más simple que ésta; si tomamos en cuenta los hechos de nuestra propia vida, la hipótesis del sentido común afirma que hay realmente objetos independientes a nuestro ser, y cuya acción en nosotros causa nuestras sensaciones.

La forma en que la simplicidad se hace presente cuando suponemos que realmente hay objetos físicos es fácilmente apreciable. Si un gato aparece en un momento dado en alguna parte de la habitación, y en otro momento en otra parte, es natural suponer que se ha desplazado de un lado al otro, pasando a través de una serie intermedia de distintas posiciones. Pero si lo tomamos como un simple conjunto de informaciones sensoriales, el gato no pudo haber estado en un lugar en el que no lo hayamos visto; entonces nosotros tenemos que suponer que él no existió del todo cuando no lo observamos, pero que de repente saltó a la existencia en un nuevo lugar. Si el gato existe lo vea o no lo vea, podremos entender sobre la base de nuestra propia experiencia como desarrolla hambre entre una comida y la siguiente; pero si no existe cuando yo no lo veo, parece extraño que su apetito crezca durante su no-existencia a la misma velocidad que cuando existe. Y si el gato consiste únicamente de las informaciones sensoriales, no puede estar hambriento, porque nada más la propia hambre puede ser una información sensorial para mí. De esta forma el comportamiento de las informaciones sensoriales que me representan al gato, aunque parezca muy natural atribuirle la expresión del hambre, se hace completamente inexplicable cuando se le atribuye a simples movimientos y cambios de color que son incapaces de tener hambre, como lo es un triángulo de jugar futbol.

Pero el problema en el caso del gato no es nada comparado con la dificultad en el caso de los seres humanos. Cuando los seres humanos hablan — es decir, cuando oímos ciertos sonidos que asociamos con ideas y simultáneamente vemos ciertos movimientos en los labios y ciertas expresiones faciales — es muy difícil suponer que lo que oímos no es la expresión de un pensamiento, como sabemos sería si nosotros emitiéramos las mismas palabras. Por supuesto, hechos similares pasan durante los sueños, en donde estamos en un error al suponer la existencia de las otras personas que aparecen en ellos. Pero los sueños son más o menos sugeridos por lo que nosotros llamamos vigilia, y pueden ser más o menos atribuidos a principios científicos si asumimos que realmente existe un mundo material. Entonces, todo principio de simplicidad nos urge a adoptar la visión natural de que realmente hay objetos aparte de nosotros y de nuestra información sensorial que tienen una existencia que no depende de nuestra percepción.

Por supuesto, no hemos llegado a sustentar nuestra creencia en un mundo externo e independiente a través de la demostración. Hemos encontrado esta creencia en nuestro propio ser tan pronto empezamos a reflexionar sobre ello: es lo que podríamos llamar una creencia instintiva. Nosotros no deberíamos haber sido guiados a preguntarnos sobre esta creencia más por el hecho de que, sobre todo en el caso del sentido de la vista, pareciera que las informaciones sensoriales en sí mismas pudieran ser creídas instintivamente como idénticas al objeto independiente, cuando toda la argumentación anterior muestra que el objeto independiente no puede ser idéntico a las informaciones sensoriales. Este descubrimiento, sin embargo — que no es para nada paradójico en el caso del gusto, y el olfato, y el oído, y sólo ligeramente en el caso del tacto — deja sin merma nuestra creencia instintiva de que hay objetos que corresponden a nuestras informaciones sensoriales. Debido a que esta creencia no nos guía a mayores problemas mas, al contrario, tiende a simplificar y sistematizar nuestro conjunto de experiencias, no parece haber razón alguna para desecharla. Por lo que podemos admitir — a pesar de la sutil duda derivada de los sueños — que el mundo exterior realmente existe, y de que su existencia no es en su totalidad dependiente de nuestra percepción.

La argumentación que nos ha guiado hasta esta conclusión no es tan sólida como nosotros quisiéramos que fuera cuando es puesta en duda, pero es típica en muchas argumentaciones filosóficas, y por lo tanto vale la pena considerarla brevemente en su carácter general y validez. Hemos encontrado que todo conocimiento debe estar construido sobre nuestras creencias instintivas, y si estas son desechadas, nada nos queda. Pero de entre nuestras creencias instintivas hay algunas que son más sólidas que otras, mientras que otras pueden haberse confundido, por hábito o asociación, con otras creencias, no verdaderamente instintivas, pero supuestas falsamente como parte de lo que es creído instintivamente.

La filosofía debe mostrarnos la jerarquía de nuestras creencias instintivas, empezando por las que nosotros sostenemos más firmemente, y presentando cada una de ellas de forma tan aislada y libre de adiciones irrelevantes como sea posible. Debe tener cuidado de mostrar que, en la forma en que finalmente deberán ser jerarquizadas, nuestras creencias instintivas no entren en conflicto, sino que formen un sistema armonioso. No puede haber alguna razón que niegue una creencia instintiva excepto cuando ésta esté en conflicto con otra; mas, cuando se encuentra que es armoniosa, todo el sistema se hace merecedor de ser aceptado.

Es, por supuesto, posible de que todas o algunas de nuestras creencias estén erradas, y por lo tanto todas deberán ser consideradas al menos con cierta duda. Pero nosotros no podemos tener razón para rechazar una creencia excepto cuando estemos en el ámbito de otra creencia. Así, a través de la organización de nuestras creencias instintivas y sus consecuencias, por medio de la consideración de cuál de ellas es la más factible, si es necesario, modificando o abandonando, podemos llegar, con base a la aceptación de nuestra información personal de lo que instintivamente creemos, a una organización de nuestros conocimientos ordenada sistemáticamente, en la que, aunque permanezca la posibilidad de error, esta probabilidad se vea disminuida por la interrelación de las partes y por el escrutinio crítico que ha precedido su aquiescencia.

Esta función, por lo menos, puede ser llevada a cabo por la filosofía. La mayoría de los filósofos, correcta o incorrectamente, creen que la filosofía puede hacer mucho más que esto — de que puede darnos el conocimiento, de otra forma imposible, concerniente a todo el universo y con respecto a la naturaleza de la verdad fundamental. Si esto viene al caso o no, la más modesta función por la que hemos abogado puede ser llevada a cabo por la filosofía, y ciertamente es suficiente para aquellos que alguna vez empezaron a dudar de la pertinencia del sentido común, para justificar las labores arduas y difíciles que implican los problemas filosóficos.

Capítulo III

La naturaleza de la materia

En el capítulo anterior acordamos, a pesar de no haber podido encontrar argumentos firmes para su demostración, que es razonable creer que nuestra información sensorial — por ejemplo, aquella que está asociada con mi mesa — es realmente signo de la existencia de algo independiente de nosotros y nuestras percepciones. Lo que quiere decir que por encima de las sensaciones de color, dureza, ruido y demás que conforman la apariencia de la mesa, asumo que hay algo más de lo que estas cosas aparentan. El color deja de existir si cierro mis ojos, la sensación de dureza deja de ser si quito el brazo de la mesa, el sonido cesa si dejo de golpear la mesa con los nudillos. Pero no creo que cuando todas estas cosas cesan la mesa deja de existir. Al contrario, creo que porque precisamente la mesa no deja de existir todas estas informaciones sensoriales reaparecerán cuando abra mis ojos, ponga mi brazo sobre la mesa y empiece a golpear su superficie con mis nudillos. La pregunta que habremos de considerar en este capítulo es: ¿cuál es la naturaleza de esta mesa real, que persiste independientemente de mi percepción de ella?

A esta pregunta encontramos respuesta en la ciencia física, tal vez algo incompleta, sin duda, y en parte todavía hipotética, pero merecedora de respeto hasta ahora. La ciencia física, más o menos inconscientemente, se ha desplazado hacia el punto de vista que todo fenómeno natural puede ser reducido al movimiento. La luz, y el calor, y el sonido se deben todos a movimientos de onda, que viajan del cuerpo que los emite a la persona que ve la luz o siente el calor o escucha el sonido. Eso que contiene al movimiento de onda, sea ya éter o "materia bruta", en cualquier caso es lo que el filósofo considera como materia. Las únicas propiedades que la ciencia le asigna son la posición en el espacio y la capacidad de movimiento con respecto a las leyes de movimiento. La ciencia no niega que podría tener otras propiedades; pero aún así, esas otras propiedades no son útiles para el científico, y de ninguna manera le ayudan para explicar este fenómeno.

Se dice a veces que "la luz es un tipo de onda", pero esto es confuso, ya que la luz que percibimos de inmediato, la que conocemos directamente por medio de nuestros sentidos, no es un tipo de onda, mas algo totalmente distinto — algo que todos conocemos si no somos ciegos, pero que no podemos describir de tal forma que podamos transmitir nuestro conocimiento a un ciego. Una onda, en cambio, puede bien ser descrita al ciego, ya que él puede adquirir el conocimiento del espacio por el sentido del tacto; y puede experimentar el movimiento de una onda casi tan bien como nosotros cuando haga un recorrido en una lancha. Mas esto, que un ciego puede entender, no es lo que nosotros entendemos por luz: nosotros entendemos por luz justo lo que un ciego nunca podrá entender, y que nosotros nunca podremos explicarle.

Ahora esto es algo, para todos nosotros que no estamos ciegos, que no puede, de acuerdo a la ciencia, realmente ser encontrado en el mundo exterior: esto es algo causado por la acción de ciertas ondas en los ojos, y nervios, y cerebro de la persona que ve la luz. Cuando se dice que la luz es ondas, lo que realmente se quiere significar es que las ondas son la causa física de las sensaciones producidas por la luz. Pero la luz en sí misma, la cosa que las personas que ven experimentan y los que no ven no experimentan, no es supuesta por la ciencia como cualquier forma que sea independiente de nosotros y de nuestros sentidos. Y lo mismo podría aplicarse a otro tipo de sensaciones.

No nada más son los colores, y los sonidos, y los demás que están ausentes del mundo científico de la materia, sino también el espacio como lo percibimos a través de la vista o el tacto. Es esencial para la ciencia que la materia deba estar en el espacio, pero el espacio en el que está no puede ser exactamente el espacio que nosotros vemos o sentimos. Para empezar, el espacio que vemos no es el mismo espacio que sentimos; es sólo a través de la experiencia en nuestra infancia como aprendemos a tocar las cosas que vemos, o como ver aquellas cosas que sentimos cuando nos tocan. Pero el espacio para la ciencia es neutral con respecto a la vista y al tacto; entonces no puede ser ya espacio para el tacto o espacio para la vista.

Recapitulemos, diferentes personas ven el mismo objeto con diferentes formas de acuerdo a su punto de vista. Una moneda circular, por ejemplo, aunque nosotros siempre juzguemos que es circular, se verá ovalada a menos que estemos justo enfrente de ella. Cuando nosotros juzgamos que es circular, estamos juzgando que tiene una verdadera forma que no es la aparente, pero que pertenece a ella intrínsecamente aparte de su apariencia. Mas esta forma verdadera, que es la que a la ciencia importa, debe estar en el espacio real, que no en el espacio aparente de cualquiera. El espacio real es público, el espacio aparente es privado. En los espacios privados de varias personas el mismo objeto parece tener distintas formas; luego el espacio real, el que tiene su forma verdadera, debe ser diferente de los espacios privados. El espacio de la ciencia, por lo tanto, aunque conectado con los espacios que vemos y sentimos, no es idéntico a ellos, y la forma de su conexión requiere ser investigada.

Hemos acordado provisionalmente que los objetos físicos no pueden ser iguales a nuestras informaciones sensoriales, pero que pueden ser tomados como causantes de nuestras sensaciones. Estos objetos físicos están en el espacio de la ciencia, que llamaremos espacio "físico". Es importante darse cuenta que, si nuestras sensaciones son causadas por los objetos físicos, tiene que haber un espacio físico que contenga estos objetos y a nuestros órganos sensoriales, y nervios, y cerebro. Tenemos la sensación del tacto de un objeto cuando estamos en contacto con él; es decir, cuando alguna parte de nuestro cuerpo ocupa un lugar en el espacio físico suficientemente cercano al espacio ocupado por un objeto. Nosotros vemos un objeto (generalmente) cuando ningún cuerpo opaco se interpone entre el objeto y nuestros ojos en el espacio físico. Igualmente, nosotros solo oímos, u olemos, o degustamos un objeto cuando estamos lo suficientemente cerca de él, o cuando lo toca la lengua, o cuando tiene una posición adecuada relativa a nuestro cuerpo en el espacio físico. No podemos empezar a aseverar que tipo de sensaciones obtendremos de un objeto dado en distintas circunstancias a menos que establezcamos el objeto y nuestro cuerpo en el espacio físico, ya que principalmente es por las posiciones relativas del objeto y nuestro cuerpo en el espacio físico como podemos determinar que sensaciones se obtendrán de ese objeto.

Nuestras informaciones sensoriales están situadas en nuestros espacios privados, ya sea el espacio de la vista, o el espacio del tacto, o aquellos vagos espacios que los otros sentidos nos pueden dar. Si, como la ciencia y el sentido común asumen, existe un espacio físico, público que todo lo abarque en donde están los objetos físicos, las posiciones relativas de los objetos físicos en el espacio físico deben corresponder más o menos a las posiciones relativas de las informaciones sensoriales en los espacios privados. No hay dificultad en suponer que éste sea el caso. Si vemos cuando andamos por un camino una casa más cercana de nosotros que la otra, nuestros otros sentidos confirmarán que está más cercana; por ejemplo, llegaremos antes a la casa que vimos más cerca si andamos el mismo camino en esa dirección. Otras personas estarán de acuerdo en que la casa que se ve más cerca está en efecto más cerca; un mapa confirmará este punto de vista; y sin embargo todo apunta a que la relación espacial entre las casas corresponde a la relación entre las informaciones sensoriales que obtenemos cuando vemos las casas. Entonces podemos asumir que hay un espacio físico en el cual los objetos físicos tienen relaciones espaciales que corresponden a las de nuestras informaciones sensoriales con nuestros espacios privados. Es este espacio físico el mismo que es usado en la geometría y asumido tanto en la física como en la astronomía.

Asumiendo que hay un espacio físico, y de que éste corresponde a los espacios privados, ¿qué podemos conocer de él? Podemos conocer solamente lo que es necesario para asegurar la correlación. Es decir, nosotros podremos no saber nada de cómo es en sí mismo, pero podemos saber el tipo de posición de los objetos físicos que resulta de sus relaciones espaciales. Podemos saber, por ejemplo, que la tierra y la luna y el sol están en línea recta durante un eclipse, a pesar de que no podamos saber lo que una línea recta física sea, ya que sabemos cómo se ve una línea recta en nuestro espacio privado. Luego sabemos mucho más sobre las relaciones de las distancias en el espacio físico que de las distancias mismas; podemos saber que una distancia es mayor a otra, o que está a lo largo de la misma línea recta que la otra, pero no podemos tener ese conocimiento inmediato de las distancias físicas como las tenemos en nuestros espacios privados, o con los colores o los sonidos o las demás informaciones sensoriales. Nosotros podemos saber todas estas cosas con respecto al espacio físico al igual que un hombre nacido ciego puede saber a través de la demás gente sobre el espacio de la visión; pero el tipo de cosas que un ciego nunca podrá saber sobre el espacio de la visión tampoco nosotros podremos saber sobre el espacio físico. Podemos saber las propiedades de las relaciones necesarias para preservar la correlación con las informaciones sensoriales, pero nosotros no podremos conocer la naturaleza de los términos entre los que las relaciones se mantienen.

Con respecto al tiempo, nuestro sentimiento de la duración o del paso del tiempo es notoriamente un parámetro muy inseguro comparado con el tiempo que transcurre en un reloj. Cuando estamos aburridos o sufriendo una pena, el tiempo transcurre muy lentamente; pasa con rapidez cuando estamos muy ocupados; y cuando estamos dormidos, el tiempo pasa como si no existiera. Luego, como hasta ahora el tiempo ha sido definido por la duración, existe la misma necesidad para distinguir el tiempo público del tiempo privado como en el caso del espacio. Pero como hasta ahora el tiempo consiste en un orden de antes y después, no hay necesidad de hacer tal distinción; el orden temporal que los eventos parecen tener es, hasta donde se puede apreciar, el mismo que el orden temporal que ellos tienen. De ninguna manera se puede dar la razón a la suposición de que dos órdenes no son los mismos. Esto mismo aplica al espacio: si un regimiento está marchando a lo largo de una vereda, la forma del regimiento se verá diferente desde distintos puntos de vista, pero los soldados aparecerán formados en el mismo orden desde cualquier punto de vista. Por consiguiente, consideraremos al orden como verdadero también en el espacio físico, ya que la forma sólo será supuesta como correspondiente a este espacio tanto como sea necesario para la preservación del orden.

Al decir que el orden temporal cuyos eventos parecen ser es el mismo al orden temporal cuyos eventos realmente son, es necesario salvaguardarnos de un posible malentendido. No se debe suponer que de los varios estados de los distintos objetos físicos se siga que tengan el mismo orden temporal a las informaciones sensoriales que constituyen las percepciones de estos objetos. Considerados como objetos físicos, el trueno y el rayo son simultáneos; es decir, el rayo es simultáneo a la perturbación producida en el aire en el lugar en donde la perturbación empieza, o sea, en donde está el rayo. Pero la información sensorial que llamamos oír el trueno no se verifica hasta que la perturbación haya viajado hasta donde nosotros estamos. Igualmente, toma aproximadamente ocho minutos para que la luz del sol llegue a nosotros; de la misma manera, cuando vemos la luz del sol estamos viendo al sol de hace ocho minutos. Cuando nuestra información sensorial nos informa sobre el sol físico, realmente nos informa sobre el sol físico de hace ocho minutos; en caso de que el sol físico haya dejado de existir en un lapso menor a los últimos ocho minutos, eso no haría diferencia alguna para nuestra información sensorial que llamamos "ver el sol". Esto aporta un buen ejemplo sobre la necesidad de distinguir las informaciones sensoriales de los objetos físicos.

Lo que hemos descubierto con respecto al espacio es lo mismo a lo que encontramos con relación a la correspondencia entre las informaciones sensoriales y sus contrapartes físicas. Si un objeto se ve azul y otro rojo, podemos razonablemente presumir que hay cierta diferencia que corresponde a los objetos físicos; si dos objetos se ven azules, podemos presumir que tienen correspondientemente una similitud. Pero no podemos tener la esperanza de saber directamente sobre la cualidad en el objeto físico que lo hace verse azul o rojo. La ciencia nos dice que esta cualidad es una especie de onda, y esto nos suena familiar, porque nosotros concebimos las ondas en el espacio que vemos. Pero las ondas deben estar realmente en el espacio físico, sobre del cual no podemos realmente conocer en forma directa; así las ondas reales no tienen esa familiaridad que hubiéramos supuesto tendrían. Y lo que es para los colores es muy similar para las demás informaciones sensoriales. Mas encontramos que, a pesar de que las relaciones de los objetos físicos tienen una gran cantidad de propiedades cognoscibles, derivadas de la correspondencia de sus relaciones con las informaciones sensoriales, los objetos físicos permanecen incognoscibles en su naturaleza intrínseca, al menos de las que pueden ser descubiertas a través de los sentidos. Permanece la pregunta sobre si hay algún otro método para descubrir la naturaleza intrínseca de los objetos físicos.

La hipótesis más natural, a pesar de no ser ultimamente la más defendible, para adoptar en primera instancia, de alguna manera con respecto a la información visual, sería que, a pesar de que los objetos físicos no pueden, por las razones que hemos estado considerando, ser exactamente iguales a las informaciones sensoriales, podrían ser más o menos iguales. De acuerdo a este punto de vista, los objetos físicos tendrían, por ejemplo, realmente colores, y podríamos, con buena suerte, ver el objeto del color que realmente tiene. El color que un objeto parece tener en un momento dado sería en general muy similar, aunque no completamente el mismo, desde distintos puntos de vista; podremos entonces suponer que el color "real" sea una especie de color medio, intermediando entre los diferentes tonos que aparecen desde distintos puntos de vista.

Tal teoría no podría probablemente ser refutada definitivamente, pero se puede mostrar que no se asienta sobre base alguna. Para empezar, está claro que el color que vemos depende únicamente de la naturaleza de las ondas luminosas que llegan hasta nuestros ojos, y que por lo tanto es modificado por el medio que interviene entre nosotros y el objeto, como también por la forma en que la luz es reflejada del objeto hacia nuestro ojo. El aire altera los colores a menos que sea perfectamente transparente, y cualquier reflejo intenso los alteraría completamente. Entonces el color que vemos es el resultado del haz de luz que llega al ojo, y no simplemente la propiedad del objeto del cual el haz de luz proviene. Luego, también, dadas ciertas ondas luminosas que llegan al ojo, podremos ver determinado color, ya sea que el objeto del cual las ondas parten tenga algún color o ninguno. De este modo es bastante gratuito suponer que los objetos físicos tienen colores, y por lo tanto no hay justificación para hacer tal suposición. Exactamente los mismos argumentos se pueden aplicar para las demás informaciones sensoriales.

Sólo nos queda preguntar si hay cualquier argumento filosófico general que permita decir que, si la materia es real, ésta debe tener tal y tal naturaleza. Como hemos venido explicando, muchos filósofos, tal vez la mayoría, han sostenido que lo que se ha considerado como real debe ser en alguna forma mental, o que lo que nosotros podemos saber sobre algo debe ser en cierto sentido mental. Tales filósofos se conocen como "idealistas". Los idealistas nos dicen que lo que aparenta ser materia es realmente algo mental; a saber, ya sean (como Leibniz sostuvo) más o menos mentes rudimentarias, o (como Berkeley responde) ideas en las mentes que, como diríamos normalmente, "perciben" la materia. Entonces los idealistas niegan la existencia de la materia como algo intrínsecamente distinto de la mente, a pesar que ellos no niegan que nuestras informaciones sensoriales son signo de que algo existe independientemente de nuestras sensaciones. En el siguiente capítulo debemos considerar brevemente las razones —en mi opinión, falaces — en las que los idealistas avanzan en favor de su teoría.

Capítulo IV

Idealismo

La palabra "idealismo" es utilizada por diferentes filósofos en más o menos distintos sentidos. Debemos entenderla como la doctrina de que todo lo que existe, o en otras palabras todo lo que puede ser conocido como existente, debe ser en cierto sentido mental. Esta doctrina, que es sostenida ampliamente entre los filósofos, tiene diversas formas y está sustentada sobre distintas bases. Esta doctrina es tan ampliamente sostenida, y es tan interesante en sí misma, que inclusive el más breve estudio sobre filosofía debe darle algún espacio.

Aquellos que no estén acostumbrados con la especulación filosófica pudieran inclinarse a desechar esta doctrina por serles a todas luces absurda. No hay duda de que el sentido común considera generalmente a las mesas y a las sillas, y al sol y a la luna, y a los objetos materiales como algo radicalmente distinto de las mentes y sus contenidos, y como poseedores de existencia que puede continuar inclusive si estas mentes dejaran de existir. Consideramos que la materia ha existido por mucho tiempo antes de que hubiera alguna mente, y es difícil pensarla como un mero producto de la actividad mental. Pero ya sea verdadero o falso, el idealismo no debe ser menospreciado así lo consideremos como obviamente absurdo.

Hemos visto que si inclusive los objetos físicos tienen una existencia independiente, ellos deben diferir bastante de la información sensorial, y que sólo pueden tener una correlación con la información sensorial, de la misma manera en que un catálogo tiene una correlación con las cosas catalogadas en él. Por consiguiente, el sentido común nos deja completamente en la oscuridad en cuanto a la verdadera naturaleza intrínseca de los objetos físicos, y si hubiere alguna buena razón para considerarlos como mentales, no podríamos legítimamente desechar esta opinión sólo porque nos suena extravagante. La verdad sobre los objetos físicos debe ser extraña. Podrá ser insostenible, pero si algún filósofo cree que la ha sustentado, el hecho de que lo que ofrece como verdad sea extraño no podrá ser tomado como pretexto para objetar su opinión.

Las bases sobre las que el idealismo se sustenta se derivan generalmente de la teoría del conocimiento, es decir, de la discusión de las condiciones que las cosas deben satisfacer para que nosotros podamos conocerlas. El primer intento serio para sustentar al idealismo sobre estas bases fue el que emprendió el obispo Berkeley. Él probó primero, por medio de una argumentación ampliamente válida, que nuestra información sensorial no puede ser supuesta como existente con independencia de nosotros, pero que debe estar, al menos en parte, "en" nuestra mente, en el sentido de que su existencia no continuaría si no hubiera ni vista, ni oído, ni tacto, ni olfato, ni gusto. Hasta aquí su discusión fue casi ciertamente válida, inclusive si algunos de sus argumentos no lo fueron. Pero él fue más allá al argumentar que las informaciones sensoriales eran las únicas cosas cuya existencia podía estar asegurada por nuestras percepciones, y éstas para ser conocidas están "en" una mente, y por lo tanto son mentales. Entonces concluyó que nada puede ser alguna vez conocido excepto si está en alguna mente, y todo lo que es conocido que no está en mi mente debe estar en alguna otra mente.

Para poder comprender su argumentación, es necesario entender el uso que da a la palabra "idea". Llama "idea" a todo aquello que es inmediatamente conocido, como, por ejemplo, son conocidas las informaciones sensoriales. Entonces un color en particular que nosotros vemos es una idea; también una voz que escuchamos, etcétera. Pero el término no sólo se limita a las informaciones sensoriales. También las cosas que recordamos o imaginamos, ya que también de esas cosas tenemos un conocimiento inmediato cuando recordamos o cuando imaginamos. A todas esas informaciones inmediatas las llama "ideas".

Después procede a considerar los objetos comunes, como un árbol, por ejemplo. Enseña que todo lo que conocemos inmediatamente cuando "percibimos" el árbol consiste en ideas, en el sentido en que utiliza esta palabra, y después argumenta que no existe base alguna para suponer que hay algo real sobre el árbol excepto lo que percibimos de él. Su ser, dice, consiste en ser percibido: en el latín de los escolásticos su "esse" es "percipi". Admite completamente que el árbol debe continuar su existencia inclusive cuando cerramos los ojos o cuando ningún ser humano está cerca de él. Pero esta existencia continuada, afirma, se debe al hecho de que Dios continúa percibiéndolo; el árbol "real", que corresponde a lo que hemos llamado objeto físico, consiste en las ideas que están en la mente de Dios, ideas que son, más o menos, como aquellas que tenemos cuando vemos el árbol, pero diferentes de hecho en que son permanentes en la mente de Dios en tanto el árbol siga existiendo. Todas nuestras percepciones, de acuerdo con lo que dice Berkeley, consisten en una participación parcial de las percepciones de Dios, y es por esta participación que distintas personas ven más o menos el mismo árbol. Entonces aparte de las mentes y sus ideas no hay nada en este mundo, y tampoco es posible que lo demás pueda ser conocido, ya que lo que es conocido es necesariamente una idea.

Hay en este argumento una gran cantidad de falacias que han sido de suma importancia en la historia de la filosofía, y las que serán también esclarecidas. En primer lugar, existe la confusión engendrada por el uso de la palabra "idea". Pensamos de una idea como algo esencialmente en la mente de alguien, y cuando luego se nos dice que un árbol consiste en su totalidad de ideas es natural suponer que, si es así, el árbol debe estar por entero en las mentes. Pero la noción de estar "en" la mente es ambigua. Decimos tener una persona en mente, no queriendo decir que esa persona está en nuestras mentes, sino que un pensamiento de esa persona está ante nuestras mentes. Cuando alguien dice que la solución de un asunto salió fácilmente de su mente, esta persona no quiere decir que dicho asunto haya estado en su mente, mas sólo que un pensamiento sobre el asunto estaba en su mente, y que después dejó de estar en su mente. Y entonces cuando Berkeley dice que un árbol debe estar en nuestras mentes, es como argumentar que una persona que tenemos en mente está de hecho dentro nuestras mentes. Esta confusión parecerá muy burda para haber sido cometida por cualquier filósofo competente, pero varias circunstancias que se dieron cita la hicieron viable. Con el objeto de ver como fue esto posible, debemos adentrarnos más en la cuestión sobre la naturaleza de las ideas.

Antes de acometer en general la cuestión sobre la naturaleza de las ideas, debemos desenredar dos cuestiones completamente separadas que emergen con relación a las informaciones sensoriales y a los objetos físicos. Hemos visto que, por varias detalladas razones, Berkeley acertó al considerar las informaciones sensoriales que constituyen nuestra percepción del árbol como más o menos subjetivas, en el sentido de que dependen tanto de nosotros como del propio árbol, y que no existirían si el árbol no es percibido. Pero esto es un punto totalmente distinto del que Berkeley pretende probar: que lo que puede ser conocido debe estar en una mente. Por esta razón los argumentos en detalle sobre la dependencia de las informaciones sensoriales con respecto a nosotros son inútiles. Es necesario probar, generalmente, de que al ser conocidas las cosas son mostradas como mentales. Esto es de lo que Berkeley se disuadió de haber logrado. Es esta cuestión, y no así las cuestiones sobre la diferencia entre las informaciones sensoriales y el objeto físico, lo que nos debe importar.

Tomando la palabra "idea" en el sentido que le da Berkeley, encontramos dos cosas completamente distintas a ser consideradas cuando una idea está en nuestra mente. Está por un lado la cosa de la que estamos conscientes — por decir el color de mi mesa — y por el otro la conciencia en sí, el acto mental de aprehensión de la cosa. El acto mental es sin duda mental, pero ¿existe alguna razón para suponer que la cosa aprehendida es de alguna manera mental? Nuestras discusiones anteriores correspondientes al color no probaron que fuera mental; lo único que probaron fue que su existencia depende de la relación de nuestros órganos sensibles con el objeto físico — en nuestro caso, la mesa. Es decir, probaron que cierto color existirá, con cierta iluminación, cuando un ojo normal está situado en cierto punto relativo a la mesa. No probaron que el color está en la mente del que percibe.

La opinión de Berkeley, que el color debe estar con obviedad en la mente, parece depender plausiblemente de la confusión entre la cosa aprehendida con el acto de aprehensión. Cualquiera de los dos puede ser llamado una "idea"; probablemente ambos pudieron ser llamados idea por Berkeley. El acto está sin duda en la mente; luego, cuando pensamos en el acto, es fácil consentir con que las ideas deben estar en la mente. Entonces, olvidando que esto sólo era cierto cuando las ideas fueron tomadas como actos de aprehensión, transferimos la proposición "las ideas están en la mente" a las ideas en otro sentido, por ejemplo las cosas aprehendidas por nuestros actos de aprehensión. Por lo tanto, por medio de una equivocación inconsciente, llegamos a la conclusión de que todo lo que aprehendemos debe estar en nuestras mentes. Esto parece ser un verdadero análisis de la filosofía de Berkeley, y la principal falacia sobre la que se apoya.

La cuestión sobre la distinción entre el acto y el objeto en nuestro proceso de aprehensión de las cosas es de importancia vital, ya que nuestro potencial entero para adquirir conocimiento está entrelazado con él. La facultad de conocer las cosas como algo distinto a sí misma es la principal característica de la mente. El conocimiento de las cosas esencialmente consiste en la relación entre la mente y la otra cosa distinta a la mente; es esto lo que constituye el potencial de la mente para conocer las cosas. Si decimos que las cosas conocidas deben estar en la mente, estamos ya sea indebidamente limitando el potencial de conocimiento de la mente o expresando meramente una tautología. Expresamos una mera tautología cuando queremos decir por "en la mente" lo mismo que "ante la mente", cuando por ejemplo queremos simplemente decir estar siendo aprehendido por la mente. Pero si queremos decir esto, tenemos que admitir que lo que es, en este sentido, está en la mente, podría ser sin embargo no mental. Así que cuando nos damos cuenta de la naturaleza del conocimiento, el argumento de Berkeley es descubierto tan falso substancialmente como formalmente, y sus bases para suponer que las "ideas" — como los objetos aprehendidos — deben ser mentales, se descubren sin validez. Entonces sus argumentos en favor del idealismo pueden ser desechados. Sólo nos resta ver si existen otras bases.

Se dice con frecuencia, como si fuera una verdad evidente, que no podemos saber sobre la existencia de algo que no conozcamos. Se infiere que lo que sea en alguna forma relevante para nuestra experiencia debe ser al menos capaz de ser conocido por nosotros; de donde se sigue que si la materia fuera esencialmente algo que no se pudiera conocer, la materia sería algo que no podríamos saber que existe, y que entonces no tendría alguna importancia para nosotros. También se infiere generalmente, por razones que permanecen sin explicación, que lo que no tenga importancia para nosotros no puede ser real, y que por lo tanto la materia, si no está compuesta de mentes o de ideas mentales, es imposible y una simple quimera.

Ahondar en este argumento sería imposible en este momento, ya que da lugar a cuestiones que requerirían de una considerable discusión preliminar; mas ciertas razones para refutar este concepto son de inmediato reveladas. Para empezar por el final: no hay razón por qué algo del cual no tengamos un interés práctico deba ser irreal. Es cierto que, si el interés en teoría se incluye, todo lo real es de cierta importancia para nosotros, ya que como personas deseosas de conocer la verdad sobre el universo, tenemos algún interés en todo lo que el universo contenga. Pero si ese tipo de interés es incluido, no hay lugar para que la materia no tenga importancia para nosotros, otorgando su existencia, inclusive si nosotros no podemos saber si en efecto existe. Podemos obviamente sospechar que pudiera existir y preguntarnos si en efecto es así; luego esta sospecha está conectada con nuestro deseo de conocimiento y tiene la importancia ya de satisfacernos o ya de coartarnos nuestro deseo.

De nuevo, no es de manera alguna verdad, y de hecho es falso, que no podemos conocer que cualquier cosa existe que no conozcamos. La palabra "conocer" es aquí usada en dos acepciones distintas. (1) Su primer significado se aplica al tipo de conocimiento que es opuesto al error, el significado que lo que conocemos es verdadero, el sentido que es aplicado a nuestras creencias y convicciones, o sea, a lo que llamamos juicios. En esta acepción de la palabra nosotros sabemos que algo viene al caso. Este tipo de conocimiento puede ser descrito como el conocimiento de las verdades. (2) En el segundo uso que se le da a la palabra "conocer" aplica nuestro conocimiento de las cosas, que llamaremos conocimiento directo. Este es el significado que le damos a la palabra cuando conocemos las informaciones sensoriales. (La distinción pertinente es a grandes rasgos la que encontramos en el francés entre savoir y connâitre, o entre wissen y kennen en el alemán.)

Entonces la afirmación que parecía verdadera se convierte, cuando se la replantea, en lo siguiente: "No podremos nunca realmente juzgar que algo que no hayamos conocido existe". Esto no es de alguna forma una verdad, mas al contrario una falsedad palpable. No he tenido el honor de conocer al Emperador de China, pero juzgo con verdad que existe. Podrá ser dicho, por supuesto, que juzgo esto porque otras personas han estado en relación con él. Esto, sin embargo, sería una réplica irrelevante, ya que, si el principio es verdadero, no podría saber que cualquier otro hubiera tenido conocimiento de él. Es más: no hay razón para que pueda saber sobre la existencia de algo que nadie conoce. Este punto es importante y requiere ser elucidado.

Si yo he estado en relación con una cosa que existe, mi conocimiento directo me da el saber de que existe. Pero no es verdad que, recíprocamente, cuando yo pueda conocer que tal cosa existe, yo o alguien más debió haber estado en contacto con tal cosa. Lo que pasa, en los casos en donde tengo un juicio verdadero sin haber estado en contacto directo con tal objeto, es que éste me es dado al conocimiento por descripción, y entonces, en virtud de cierto principio general, la existencia de una cosa que responda a esta descripción puede ser inferida de la existencia de algo con lo que he estado en conocimiento directo. Con el objeto de entender esto plenamente, sería justo primero lidiar con la diferencia entre conocimiento directo y conocimiento por descripción, y después considerar que los principios generales del conocimiento, si los hay, tienen el mismo grado de certeza como nuestro conocimiento sobre la existencia con nuestras propias experiencias. Estos temas serán tratados en los siguientes capítulos.

Capítulo V

Conocimiento directo y conocimiento por descripción

En el capítulo anterior vimos que hay dos tipos de conocimiento: conocimiento de las cosas y conocimiento de las verdades. En este capítulo estaremos ocupados exclusivamente con el conocimiento de las cosas, del cual también debemos distinguir dos tipos. El conocimiento de las cosas, cuando es del tipo que llamamos conocimiento directo, es esencialmente más sencillo que cualquier conocimiento de las verdades, y lógicamente independiente del conocimiento de las verdades, a pesar que sería imprudente asumir que los seres humanos nunca tenemos, de hecho, conocimiento directo de las cosas sin al mismo tiempo conocer alguna verdad sobre ellas. El conocimiento de las cosas por descripción, al contrario, siempre involucra, como veremos en el transcurso de este capítulo, algún conocimiento de las verdades como su fuente y base. Pero antes que nada debemos dejar en claro lo que nosotros llamamos "conocimiento directo" y lo que llamamos "descripción".

Podemos decir que tenemos conocimiento directo de algo con lo que nos familiarizamos inmediatamente, sin la intermediación de ningún proceso de inferencia o ningún tipo de conocimiento de las verdades. Entonces, cuando mi mesa está presente yo tengo conocimiento directo de las informaciones sensoriales que me hacen percibir la mesa — su color, forma, dureza, textura, etc.; todas esas cosas de las que estoy inmediatamente consciente cuando veo y toco la mesa. Se pueden decir muchas cosas sobre el tono particular que tiene la mesa cuando la veo — yo puedo decir que es café, que es algo oscura, y demás. Pero tales afirmaciones, a pesar de que me hacen saber verdades sobre el color, no me hacen saber sobre el color en sí más de lo que yo ya sabía: hasta aquí lo que concierne al conocimiento del color en sí mismo, en oposición al conocimiento de las verdades en él, conozco el color perfecta y completamente cuando lo veo, y no es posible en teoría tener un conocimiento ulterior sobre él. Luego las informaciones sensoriales que me hacen percibir mi mesa son cosas con las que yo estoy familiarizado, cosas que me son inmediatamente conocidas justo como son.

Mi conocimiento de la mesa como un objeto físico, al contrario, no es un conocimiento directo. Tal como es, se obtiene a través de la relación con las informaciones sensoriales que hacen que perciba la mesa. Hemos visto que es posible, sin llegar al absurdo, dudar si hay alguna mesa, pero que por el contrario no es posible dudar de nuestras informaciones sensoriales. Mi conocimiento de la mesa es del tipo que llamaremos "conocimiento por descripción". La mesa es "el objeto físico que causa tales y cuales informaciones sensoriales". Éste describe la mesa percibida a través de las informaciones sensoriales. Con el objeto de conocer algo sobre la mesa, debemos conocer las verdades que la conectan con las cosas con las que estamos familiarizados: debemos saber que "tales y cuales informaciones sensoriales son causadas por un objeto físico". No hay estado mental del cual estemos directamente conscientes de la mesa; todo nuestro conocimiento de la mesa es realmente conocimiento de verdades, y la cosa en sí que es la mesa no es, hablando estrictamente, de ninguna manera conocida por nosotros. Conocemos una descripción, y sabemos que hay sólo un objeto al que se aplica esta descripción, aunque el objeto en sí no nos sea directamente conocido. En tal caso decimos que nuestro conocimiento del objeto es conocimiento por descripción.

Todo nuestro conocimiento, tanto el de las cosas como el de las verdades, se apoya fundamentalmente en el conocimiento directo. Es por lo tanto importante considerar las cosas que hay de las que tenemos conocimiento directo.

Las informaciones sensoriales, como hemos visto, están entre las cosas con las que estamos relacionados directamente; de hecho, ellas proveen el ejemplo más obvio y contundente del conocimiento directo. Pero si éstas fueran el único ejemplo, nuestro conocimiento estaría mucho más restringido de lo que realmente está. Podríamos sólo conocer lo que está ahora presente a nuestros sentidos: no podríamos saber nada sobre el pasado — ni siquiera concebir que hay un pasado — como tampoco sabríamos cualesquiera verdades sobre nuestras informaciones sensoriales, ya que todo el conocimiento de las verdades, como demostraremos, demanda del conocimiento de las cosas que tienen un carácter esencialmente diferente de las informaciones sensoriales, las cosas que a veces son llamadas como "ideas abstractas", pero que nosotros llamaremos "universales". Debemos por lo tanto considerar el conocimiento directo de otras cosas aparte de las informaciones sensoriales si queremos obtener algún análisis adecuado de nuestro conocimiento que sea tolerable.

La primera extensión más allá de las informaciones sensoriales a ser considerada es el conocimiento directo a través de la memoria. Es obvio que a menudo recordamos lo que hemos visto u oído o tenido lo que alguna vez estuvo presente a nuestros sentidos, y esto en tales casos en que estamos inmediatamente conscientes de que lo recordamos, a pesar del hecho que aparece como pasado y no como presente. Este conocimiento inmediato a través de la memoria es la fuente de todo nuestro conocimiento del pasado: sin él no habría conocimiento del pasado por inferencia, ya que nosotros nunca sabríamos que hubo algún pasado que se pudiera inferir.

La siguiente extensión a ser considerada es el conocimiento directo a través de la introspección. Nosotros no sólo estamos conscientes de las cosas, sino que muy seguido estamos conscientes de haber estado conscientes de ellas. Cuando veo el sol, estoy a menudo consciente del acto de estar viendo el sol; entonces "el acto de estar viendo el sol" es un objeto con el que tengo un conocimiento directo. Cuando deseo comer, puedo estar consciente de mi deseo por comer; luego "mi deseo por comer" es un objeto con el que tengo un conocimiento directo. De igual forma podemos estar conscientes de nuestros sentimientos de placer o de pena y generalmente de los eventos que ocurren en nuestras mentes. Este tipo de conocimiento directo, que podemos llamar conciencia de uno mismo, es la fuente de todo nuestro conocimiento sobre las cosas mentales. Es obvio que lo que pasa en nuestras mentes nos puede ser, por lo tanto, conocido de inmediato. Lo que pasa en las mentes de los demás nos es conocido a través de la percepción de sus cuerpos, es decir, a través de las informaciones sensoriales en nosotros que están asociadas con sus cuerpos. Pero sólo por el conocimiento directo de los contenidos de nuestras propias mentes no podríamos imaginar las mentes de otros, y por lo tanto nunca podríamos llegar al conocimiento que los demás tienen mentes. Parece natural suponer que la conciencia de uno mismo es uno de los aspectos que diferencian al hombre del animal; los animales, podemos suponer, a pesar de que tienen conocimiento directo con las informaciones sensibles, nunca están conscientes de su conocimiento directo. No me refiero a que ellos duden si ellos existen, mas de que ellos nunca han estado conscientes del hecho que ellos tengan sensaciones y sentimientos, como tampoco del hecho que ellos, sujetos de sus propias sensaciones y sentimientos, existen.

Hemos hablado del conocimiento directo con los contenidos de nuestras mentes como conciencia de uno mismo; pero no es, por supuesto, conciencia de su propio ser: es conciencia de pensamientos y sentimientos particulares. La pregunta sobre si podemos conocer directamente a nuestro propio ser, en oposición a nuestros pensamientos y sentimientos particulares, es una pregunta bastante difícil, sobre la que sería precipitado responder positivamente. Cuando tratamos de ver dentro de nosotros parece ser que siempre arribamos a un pensamiento o sentimiento en particular, y no hacia el "Yo" que tiene el pensamiento o sentimiento. No obstante hay algunas razones para pensar que conocemos directamente al "Yo", a pesar de que este conocimiento es difícil de ser destrabado de otras cosas. Para hacer más claro el tipo de razón que hay, permítasenos considerar por un momento lo que nuestro conocimiento directo de los pensamientos particulares involucra.

Cuando me percato de "mi acto de estar viendo el sol" parece natural de que me percato de dos cosas distintas en relación de la una con respecto a la otra. Por un lado está la información sensorial que me representa al sol, por el otro está aquel que ve la información sensorial. Todo conocimiento por referencia, como aquel de mi información sensorial que representa al sol, parece con obviedad una relación entre la persona que se percata con el objeto que es percatado. Cuando un caso de conocimiento por referencia es uno que pueda ser conocido de la misma forma (cuando me percato de mi acto de percatar la información sensorial que representa al sol), está claro que la persona que se percata soy yo. Luego, cuando yo me percato de que veo el sol, el hecho entero del que me percato es "Me percato de mí mismo con la información sensorial".

Aún más, sabemos que es verdad "Yo me percato de mí mismo con la información sensorial". Es difícil ver cómo podemos saber esta verdad, o inclusive entender lo que significa, a menos que nos hayamos percatado con algo que llamamos "Yo". No parece necesario suponer que nosotros nos percatamos de una persona más o menos permanente, la misma hoy que la de ayer, pero tampoco parece ser que debamos estar conscientes de esa cosa, cualquiera sea su naturaleza, que ve el sol y que se percata de las informaciones sensoriales. Luego, en cierto sentido parecería que debemos conocer nuestro propio Yo en oposición a nuestras experiencias particulares. Pero la cuestión es difícil y complicados argumentos pueden ser esgrimidos por una parte o por la otra. Entonces, a pesar de que muy probablemente nos percatamos de nosotros mismos, no sería sabio afirmar que sin duda esto ocurre.

Debemos por lo tanto añadir lo siguiente a lo que hemos dicho con respecto al conocimiento directo de las cosas que existen. Nosotros tenemos conocimiento sensorial de la información obtenida con nuestros sentidos exteriores, y en la introspección con la información de lo que podemos llamar sentido interno — pensamientos, sentimientos, deseos, etc.; obtenemos conocimiento de la remembranza de las cosas que han sido ya originadas por nuestros sentidos exteriores ya por nuestro sentido interno. Aún más, es probable, mas no cierto, que nos percatemos de nuestro propio ser, como algo que se percata de las cosas o de que tiene deseos de las cosas.

Además de nuestro conocimiento directo de las cosas particulares existentes, también tenemos el conocimiento directo con lo que hemos de llamar universales, es decir, las ideas generales como la blancura, la diversidad, la hermandad, y las demás. Cada enunciado completo debe contener al menos una palabra que sea un universal, ya que todos los verbos tienen un significado que es universal. Regresaremos al estudio de los universales más tarde, en el Capítulo IX; por ahora sólo es necesario protegernos contra la suposición de que lo que podemos percatarnos debe ser algo particular y existente. Cuando nos percatamos de los universales lo llamamos concebir, y de un universal del que estemos conscientes lo llamamos concepto.

Se verá que de entre los objetos que podemos conocer directamente no están incluidos los objetos físicos (en oposición a las informaciones sensoriales), como tampoco las mentes de la demás gente. Estas cosas nos son dadas al conocimiento por lo que llamo "conocimiento por descripción", que ahora deberemos considerar.

Por una "descripción" me refiero a un enunciado con la forma "un tal-y-cual" o "el tal-y-cual". Un enunciado con la forma "un tal-y-cual" lo deberé calificar como una descripción "ambigua"; una frase con la forma "el tal-y-cual" (en singular) la deberé calificar como una descripción "definitiva". Luego "un hombre" es una descripción ambigua, y "el hombre con la máscara de hierro" es una descripción definitiva. Existen varios problemas con relación a las descripciones ambiguas, pero los ignoraré porque no tienen una importancia directa con la materia que estamos discutiendo, que es la naturaleza de nuestro conocimiento con respecto a los objetos en los casos en donde sabemos que hay un objeto que responde a una descripción definitiva, a pesar de que no tengamos conocimiento directo alguno con dicho objeto. Esta es una materia que concierne exclusivamente a las descripciones definitivas. Yo por lo tanto podré en adelante decir simplemente "descripciones" cuando me refiera a las "descripciones definitivas". Luego una descripción significará cualquier enunciado de la forma "el tal-y-cual" en el singular.

Podemos decir que un objeto es "conocido por descripción" cuando conocemos que es "el tal-y-cual", como cuando conocemos que es un objeto, y no más, que tiene cierta propiedad; y que generalmente implicará que no tenemos conocimiento directo del objeto. Sabemos que el hombre de la máscara de hierro existió, y muchas proposiciones son conocidas con respecto a él; pero no sabemos quién fue él. Sabemos que el candidato que obtenga mayor número de votos será elegido, y en este caso también muy probablemente conoceremos (en el único sentido en el que uno puede conocer a alguien más) al hombre que es, de hecho, el candidato que obtenga más votos; pero no sabemos cuál de los candidatos él es; por ejemplo no conocemos una proposición de la forma "A es el candidato que obtendrá más votos", donde A es el nombre de uno de los candidatos. Debemos decir que sólo tenemos un "conocimiento descriptivo" del tal-y-cual cuando, a pesar de saber que el tal-y-cual existe, y a pesar de que posiblemente estemos relacionados con el objeto que es, de hecho, el tal-y-cual, aún así no conocemos alguna proposición "a es el tal-y-cual", donde a es algo con lo que estamos relacionados.

Cuando decimos "el tal-y-cual existe", nos referimos que hay un solo objeto que es el tal-y-cual. La proposición "a es tal-y-cual" significa que a tiene la propiedad tal-y-cual, y nada más. "El señor A es el candidato sindicalista para este distrito electoral" significa "El señor A es el candidato sindicalista para este distrito electoral, y nadie más". "El candidato sindicalista para este distrito electoral existe" significa "alguien es el candidato sindicalista para este distrito electoral, y nadie más". Luego, cuando nos percatamos de un objeto que es el tal-y-cual, sabemos que el tal-y-cual existe; pero podemos saber que el taly-cual existe cuando no hemos estado en relación con algún objeto que sepamos que es el tal-y-cual, e inclusive cuando no hemos estado en relación con ningún objeto que, de hecho, sea el tal-y-cual.

Las palabras comunes, también los nombres propios, son normalmente verdaderas descripciones. Es decir, el pensamiento en la mente usando correctamente el nombre propio de una persona puede ser expresado sólo de forma general si reemplazamos el nombre propio por una descripción. Es más, la descripción necesaria para expresar el pensamiento variará para personas diferentes, o para la misma persona en momentos diferentes. La única cosa constante (siempre que el nombre sea usado correctamente) es el objeto para el que el nombre se aplica. Mas mientras esto permanezca constante, la descripción particular involucrada normalmente no hace la diferencia sobre la verdad o falsedad de la proposición en donde el nombre aparezca.

Permítasenos dar algunos ejemplos. Suponga algún enunciado hecho con relación a Bismarck. Asumiendo que hay tal cosa como el conocimiento directo de uno mismo, el mismo Bismarck pudo haber usado su propio nombre directamente para designar a su propia persona que él conocía directamente. En este caso, si hizo un juicio sobre su persona, él mismo pudo ser el constituyente del juicio. Aquí el nombre propio tiene el uso directo al que siempre aspira, el de siempre nombrar al mismo objeto, y no como una descripción de ese objeto. Pero si una persona que conoció a Bismarck hizo un juicio sobre él, entonces la cuestión es diferente. Con lo que esta persona estuvo en contacto fue con ciertas informaciones sensoriales que conectó (correctamente, habrá que suponer) con el cuerpo de Bismarck. Su cuerpo, como cualquier objeto físico, y aún más su mente fueron conocidas sólo como el cuerpo y la mente conectadas con esas informaciones sensoriales. Es decir, fueron conocidas por descripción. Es, por supuesto, un asunto producto de la casualidad qué características sobre la percepción de un hombre aparecerán en la mente de un amigo cuando piensa en ese hombre; luego la descripción en la mente del amigo es accidental. El punto esencial es que él sabe que todas las diversas descripciones se aplican a la misma entidad, a pesar de no haber estado relacionadas directamente con la entidad en cuestión.

Cuando nosotros, que no conocimos a Bismarck, hacemos un juicio sobre él, la descripción en nuestras mentes será probablemente un conjunto más o menos vago de información histórica — tal vez más, en la mayoría de los casos, de la que es requerida para identificarlo. Pero, por el bien del ejemplo, permítasenos asumir que lo pensamos como "el primer Canciller del Imperio Alemán". Aquí todas las palabras son abstractas excepto la palabra "alemán". La palabra "alemán" tendrá, de nuevo, muchos significados para distintas personas. Para algunos les vendrán a la mente sus viajes a Alemania, para otros, la forma de Alemania en un mapa, etcétera. Pero si queremos obtener una descripción que sabemos puede ser aplicada, estamos obligados, hasta cierto punto, a traer como referencia un particular con el que estemos familiarizados. Tal referencia está involucrada en cualquier mención del pasado, presente y futuro (en oposición a fechas definidas), o de aquí y allá, o por lo que otros nos hayan contado. Entonces parece ser que, de alguna forma o de otra, una descripción conocida de ser aplicable a un particular debe involucrar alguna referencia a algún particular con el que estemos familiarizados, si nuestro conocimiento de la cosa descrita no es lo que se deduce lógicamente por la descripción. Por ejemplo, "el hombre más longevo" es una descripción que involucra sólo universales, que deben aplicarse a cierto hombre, mas no podemos hacer algún juicio concerniente a este hombre que involucre mayor conocimiento sobre él más allá de lo que la descripción da. Si, no obstante, decimos "El primer Canciller del Imperio Alemán fue un diplomático astuto", sólo podemos estar seguros de la verdad de nuestro juicio en virtud de algo con lo que estemos familiarizados — normalmente un testimonio que hayamos escuchado o leído. Aparte de la información que a otros trasladamos, aparte de la verdad sobre el real Bismarck, que da importancia a nuestro juicio, el pensamiento que realmente tenemos contiene uno o más particulares, y de lo contrario consistiría sólo de conceptos.

Todos los nombres de los lugares — Londres, Inglaterra, Europa, la Tierra, el Sistema Solar — involucran similarmente, cuando usados, descripciones que empiezan de uno o más particulares con los que estamos familiarizados. Yo sospecho que inclusive el Universo, como lo considera la metafísica, involucra tal conexión con los particulares. En lógica, por el contrario, en donde estamos interesados no sólo en lo que existe, pero en todo aquello que pudiera o pueda existir o ser, no se hace referencia a los particulares involucrados.

Parece ser que, cuando hacemos un enunciado sobre algo que sólo puede ser conocido por descripción, intentamos normalmente hacer nuestra frase, no en la forma que involucra la descripción, sino sobre el objeto mismo descrito. Es decir, cuando decimos algo sobre Bismarck, querríamos, si pudiéramos, hacer un juicio que Bismarck mismo hubiera podido hacer, a saber, el juicio del cual él mismo fuera el constituyente. En esto estamos necesariamente derrotados, ya que Bismarck mismo nos es desconocido. Mas sabemos que hay un objeto B, llamado Bismarck, y que B fue un diplomático astuto. Entonces podemos describir la proposición que quisiéramos afirmar, a saber,

"B fue un diplomático astuto", en donde B es el objeto que fue Bismarck. Si estamos describiendo a Bismarck como "el primer Canciller del Imperio Alemán", la proposición que quisiéramos afirmar puede ser descrita como "la proposición afirmativa, concerniente al mismo objeto que fue el primer Canciller del Imperio Alemán, es el objeto que fue un diplomático astuto". Lo que nos permite comunicar, a pesar de las diversas descripciones que empleamos, que sabemos que hay una proposición verdadera con respecto al Bismarck mismo, y que a pesar de que podemos variar la descripción (tanto mientras la descripción sea correcta) la proposición descrita permanece igual. Esta proposición, que es descrita y conocida como verdadera, es lo que nos interesa; pero no estamos familiarizados con la proposición en sí misma, y no la conocemos, no obstante sabemos que es verdad.

Se verá que hay varias etapas en la remoción del grado de familiarización con los particulares: hay un Bismarck para las personas que lo conocieron; un Bismarck para aquellos que sólo supieron de él a través de la historia; el hombre de la máscara de hierro; el hombre más longevo. En cada una de las proposiciones anteriores se ha removido progresivamente el grado de familiarización con los particulares; la primera está tan cerca de la familiarización con un particular como es posible hacerlo con respecto a otra persona que conozcamos; en la segunda, podemos todavía decir que sabemos "quien fue Bismarck"; en la tercera, no sabemos quién fue el hombre de la máscara de hierro, a pesar que podemos saber muchas proposiciones sobre él que no se deducen lógicamente del hecho que portó una máscara de hierro; en la cuarta, finalmente, no sabemos nada además de lo que es lógicamente deducible de la definición del hombre. Hay una jerarquía similar en el ámbito de los universales. Muchos universales, como muchos particulares, sólo nos pueden ser dados a conocer por descripción. Pero aquí, como en el caso de los particulares, el conocimiento con respecto a lo que es conocido por descripción es ultimadamente reducible al conocimiento concerniente a lo que es conocido directamente.

El principal fundamento en el análisis de las proposiciones que contengan descripciones es el que sigue: Toda proposición que podamos entender debe estar compuesta completamente por los constituyentes con que estemos familiarizados.

No intentaremos responder en esta etapa a todas las objeciones que puedan surgir en contra de este principio fundamental. Por el momento, deberemos únicamente subrayar que, de alguna manera u otra, debe ser posible responder a estas objeciones, ya que es muy difícil concebir que podamos hacer un juicio o mantener una suposición sin saber que es lo que juzgamos o suponemos. Debemos dar algún sentido a las palabras que usamos, si queremos significar algo con nuestra habla y no nada más emitir simple ruido; y el significado que otorgamos a las palabras debe ser algo con lo que estemos familiarizados. Luego cuando, por ejemplo, hacemos un enunciado sobre Julio César, es obvio que Julio César en persona no está frente a nuestras mentes, ya que no estamos en relación directa con él. Tenemos en mente alguna descripción de Julio César: "el hombre que fue asesinado en los idus de marzo", "el fundador del Imperio Romano" o, tal vez, simplemente "el hombre que se llamó Julio César". (En esta última descripción Julio César es un ruido o forma con la que estamos familiarizados.) Luego nuestro enunciado no significa lo que realmente parece significar, pero significa algo que involucra, en vez de a Julio César, alguna descripción de él que está compuesta completamente de particulares y universales con los que estamos familiarizados.

La principal importancia del conocimiento por descripción es que nos permite ir más allá de los límites de nuestra experiencia privada. A pesar del hecho de que nosotros podemos sólo conocer las verdades que están completamente compuestas de los términos que hemos experimentado por conocimiento directo, podemos también tener el conocimiento por descripción de las cosas que nunca hemos experimentado. En el muy limitado punto de vista de nuestra experiencia inmediata, este resultado es vital, y hasta que sea comprendido, muchos de nuestros conocimientos permanecerán en el misterio y por lo tanto en la duda.

Capítulo VI
Sobre la inducción

En todas nuestras discusiones precedentes hemos estado ocupados con el intento de esclarecer nuestra información a través del conocimiento de la existencia. ¿Qué son las cosas en el universo cuya existencia nos es conocida permitiendo a nuestro ser estar familiarizado con ellas? Hasta aquí nuestra respuesta ha sido que nos percatamos de nuestras informaciones sensoriales y, probablemente, de nuestro ser. Esto es lo que sabemos que existe. Y el tiempo pasado que evocamos es reconocido como existente en el pasado. Estos conocimientos son fuente de nuestra información.

Pero si somos capaces de tener inferencias sobre esta información — si podemos saber de la existencia de la materia, de otras personas, o del pasado anterior a nuestra memoria personal, o del futuro, debemos conocer algunos tipos de principios generales sobre los cuales dichas inferencias puedan ser dadas. Debe ser conocido por nosotros que la existencia de un tipo de cosa, A, es un signo de la existencia de otro tipo de cosa, B, ya sea al mismo tiempo que A, o un poco antes o después, como, por ejemplo, el trueno es un signo de la existencia de un rayo. Si esto no pudiera ser conocido por nosotros, nunca podríamos extender nuestro conocimiento más allá de la esfera de nuestra experiencia privada; y esta esfera, como hemos visto, es extremadamente limitada. La cuestión que debemos ahora considerar es si tal extensión es posible y, si es así, cómo se da.

Pongamos por ejemplo un tema sobre el cual ninguno de nosotros, de hecho, tiene la duda más mínima. Todos estamos convencidos de que el sol saldrá mañana. ¿Por qué? ¿Es esta creencia un simple e irreflexivo resultado de experiencias pasadas, o puede ser justificado como una creencia razonable? No es fácil encontrar una prueba por medio de la cual se pueda juzgar si una creencia de este tipo es razonable o no, pero al menos podemos averiguar que clase de ideas generales serán suficientes, si verdaderas, para justificar el juicio de que el sol saldrá mañana y muchos otros juicios similares sobre los que se basan nuestras acciones.

Es obvio que si se nos pregunta por qué creemos que el sol saldrá mañana, responderemos naturalmente "Porque el sol sale siempre cada día". Tenemos una creencia firme de que saldrá en el futuro, porque ha salido en el pasado. Si se nos desafía con relación a por qué creemos que seguirá saliendo como hasta ahora, podremos apelar a las leyes del movimiento: la tierra, podremos decir, es un cuerpo libre en rotación, y este tipo de cuerpos no cesan de rotar a menos que algo más interfiera su movimiento, y que no habrá nada que interfiera el movimiento de la tierra entre hoy y mañana. Por supuesto podrá ser puesto en duda sobre si estamos completamente seguros de que nada interferirá dicho movimiento, pero esta no es la duda que nos interesa. Si esta duda se planteara, nos encontramos en la misma posición en la que estábamos como cuando primero dudamos sobre el amanecer.

La única razón para creer que las leyes del movimiento permanecerán en operación es que ellas han funcionado hasta ahora, al menos en tanto lo que nos permite juzgar nuestro conocimiento del pasado. Es verdad que contamos con mayores evidencias del pasado a favor de las leyes del movimiento que las que tenemos a favor del amanecer, porque el amanecer es simplemente un caso particular que confirma las leyes del movimiento, y existen otros innumerables casos que también confirman las mismas leyes. Pero la verdadera pregunta es: ¿Hay en el pasado algún número de casos en los que se confirme la ley que aporte suficiente evidencia que confirme que ésta seguirá operando en el futuro? Si no es así, es evidente que no tenemos base alguna para esperar que el sol salga mañana, o para pensar que el pan que comeremos en nuestra siguiente comida no nos envenenará, o que cualquier otra expectativa que controla nuestra vida diaria que damos por sentada, en efecto, sucederá. Debe de observarse que todas esas expectativas son sólo probables; luego no tenemos que encontrar una prueba que ellas deban cumplir, mas es sólo por alguna razón en favor de este punto de vista que ellas muy probablemente podrán cumplir.

Ahora, cuando nos adentramos en esta cuestión debemos, para empezar, hacer una distinción importante, sin la cual podríamos estar inmersos en confusiones sin esperanza. La experiencia nos ha mostrado que, hasta ahora, la repetición frecuente de una sucesión uniforme o coexistencia ha sido la causa por la que nosotros esperamos que cierta sucesión o coexistencia suceda en la siguiente ocasión. La comida que tiene cierta apariencia generalmente tiene cierto sabor, y es un choque severo para nuestras expectativas cuando una apariencia familiar se encuentra asociada con un sabor inusual. Cosas que vemos se asocian, por hábito, con ciertas sensaciones táctiles que esperamos cuando las tocamos; uno de los horrores que produce un fantasma (en muchas historias de fantasmas) es que no podemos tocarlo. Personas sin educación que salen de su país por primera vez se sorprenden al grado de la incredulidad cuando encuentran que su idioma no es entendido en absoluto.

Y esta clase de asociación no se limita al hombre; en los animales también es muy fuerte. Un caballo que ha sido guiado con frecuencia por cierto camino se resiste a ser guiado por otra vereda. Los animales domésticos esperan su alimento cuando ven a la persona que normalmente los alimenta. Sabemos que todas estas expectativas de uniformidad, más bien burdas, están sujetas a inducirnos al error. El hombre que ha alimentado al pollo cada día de la vida de ese pollo, al final en cambio le tuerce el pescuezo, mostrando que una visión más refinada con respecto a la uniformidad de la naturaleza hubiera sido muy útil al pollo.

Pero a pesar de estos errores que se derivan de tales expectativas, éstas no obstante existen. El simple hecho de que algo haya ocurrido un cierto número de veces causa que los animales y los hombres esperen que ese hecho vuelva a suceder. Luego, nuestros instintos nos provocan ciertamente la creencia de que el sol saldrá mañana, pero no tendremos una mejor posición comparada con la del pollo que inesperadamente tiene el pescuezo torcido. Debemos entonces distinguir el hecho de que las uniformidades pasadas causan expectativas con respecto al futuro, según la cuestión sobre si hay alguna base razonable para dar peso a tales expectativas después de que la pregunta sobre su validez ha sido planteada.

El problema que debemos discutir es si hay alguna razón para creer en lo que es llamada "la uniformidad de la naturaleza". La creencia en esta uniformidad de la naturaleza es la creencia de que todo lo que ha pasado o pasará es una instancia de alguna ley general que no tiene excepciones. Las crudas expectativas que hemos estado considerando están todas sujetas a excepciones, y por lo tanto son responsables de desilusionar a quienes las sostienen. Mas la ciencia asume habitualmente, al menos como una hipótesis que funciona, que las reglas generales que tienen excepciones pueden ser sustituidas por reglas generales que no tienen excepciones. "Los cuerpos que no tengan sustento en el aire caerán" es una regla general que tiene sus excepciones en los globos aerostáticos y los aeroplanos. Pero las leyes del movimiento y la ley de la gravitación, que intervienen para que la mayoría de los cuerpos caigan, también intervienen para que los globos aerostáticos y los aeroplanos se eleven; luego las leyes del movimiento y la ley de la gravitación no están sujetas a estas excepciones.

La creencia en que el sol saldrá mañana podría hacerse falsa si la tierra entrara en contacto con un gran cuerpo celeste que destruyera su rotación; pero las leyes de movimiento y la ley de la gravitación no serían infringidas por tal evento. El asunto de la ciencia es el de encontrar uniformidades, tales como la ley del movimiento y la ley de la gravitación, que, en tanto como se extiende nuestra experiencia, no tienen excepciones. En esta búsqueda la ciencia ha sido considerablemente exitosa, y se puede conceder que tales uniformidades se han sostenido hasta el momento. Esto nos regresa a nuestra pregunta: ¿Hay alguna razón, asumiendo que se han sostenido en el pasado, para suponer que se sostendrán en el futuro?

Se ha discutido que tenemos razón para pensar que el futuro será similar al pasado, porque lo que fue futuro ha mudado en pasado, y siempre se ha encontrado que es similar al pasado, así que realmente tenemos experiencia del futuro, es decir de tiempos que fueron futuros, que podríamos llamar pasados futuros. Pero tal argumento realmente pide que se le aplique la misma pregunta. Tenemos experiencia de los pasados futuros, pero no de los futuros futuros, y la pregunta sería: ¿Serán los futuros futuros similares a los pasados futuros? Esta pregunta no puede ser respondida por un argumento que empiece sólo a partir de los pasados futuros. Tenemos entonces aún que buscar algún principio que nos permita saber que el futuro seguirá las mismas leyes que el pasado.

La referencia al futuro en esta pregunta no es esencial. La misma pregunta se puede hacer cuando aplicamos las leyes que trabajan en nuestra experiencia de las cosas pasadas a las que no tenemos experiencia — como, por ejemplo, en geología, o en las teorías sobre el origen del sistema solar. La pregunta que realmente debemos hacer es: Cuando dos cosas se han encontrado a menudo asociadas, y en ninguno de los casos es conocido que una ocurra sin la otra, ¿da por resultado que cuando una de las dos ocurra, en un nuevo caso, esperar que la otra lo haga también sobre una base firme? Según la respuesta que demos a esta pregunta dependerá la validez de todas nuestras expectativas como la del futuro, de todos los resultados obtenidos por inducción, y de hecho prácticamente de todas nuestras creencias sobre las que nuestra vida diaria está basada.

Se debe conceder, para empezar, que el hecho de que dos cosas sean encontradas a menudo juntas y nunca separadas no satisface, en sí misma, la prueba con carácter de demostración de que serán encontradas juntas en el siguiente caso que examinemos. Lo más que podemos esperar es que las cosas que estén con mayor recurrencia juntas, tienen mayor probabilidad de encontrarse juntas en un tiempo futuro, y que, si han sido encontradas juntas con una recurrencia suficiente, la probabilidad llegará casi el grado de certeza. Nunca llegará al grado de certeza, porque sabemos que a pesar de las repeticiones frecuentes puede haber una falla al final, como en el caso del pollo con el pescuezo torcido. Luego la probabilidad es lo único que podemos averiguar.

Se puede insistir, en contra del punto de vista que estamos sosteniendo, que conocemos que todo fenómeno natural está sujeto al reino de la ley, y que a veces, con base a la observación, podemos ver que una sola ley puede posiblemente ajustarse a los hechos del caso. Ahora, con respecto a este punto de vista hay dos respuestas. La primera es que, aún si alguna ley que no tiene excepciones se ajusta a nuestro caso, no podemos nunca, en la práctica, estar seguros de que hemos descubierto tal ley y ni siquiera una sola que no tenga excepciones. La segunda es que el reino de la ley parece ser en sí mismo nada más que probable, y que nuestra creencia que se sostendrá en el futuro, o en casos del pasado que no se han estudiado, está en sí basada sobre el mismo principio que estamos examinando.

El principio que estamos examinando puede ser llamado principio de la inducción, y sus dos partes pueden ser expuestas como sigue:

a) Cuando una cosa de cierto tipo A se ha encontrado asociada con una cosa distinta de cierto tipo B, y que nunca ha sido encontrada disociada de la cosa del tipo B; entre mayor número de casos en los que la asociación entre A y B haya sido encontrada, mayor es la probabilidad de que se encuentren asociadas en un nuevo caso en donde se sepa que una de ellas está presente;

b) Bajo las mismas circunstancias, un número de casos de asociación suficientes darán por resultado casi con total certeza que la probabilidad que una nueva asociación suceda y que podrá acercarse sin límite a la certeza.

Como se acaba de exponer, el principio se aplica únicamente a la verificación de nuestra expectativa en un solo y nuevo caso. Pero queremos también saber si hay la probabilidad a favor de una ley general que las cosas del tipo A estén siempre asociadas con las cosas del tipo B, cuando se tenga conocimiento de un número de casos de asociación suficiente, y cuando no se conozca ni un caso de falla en la asociación. La probabilidad de la ley general es obviamente menor que la probabilidad en un caso en particular, ya que si la ley general es verdadera, el caso en particular también debe ser verdadero, mientras que el caso en particular puede ser cierto sin que la ley general lo sea. No obstante, la probabilidad de la ley general se incrementa por repetición, de igual forma que en un caso en particular. Podemos entonces repetir el planteamiento de las dos partes que conforman nuestro principio como ley general, a saber:

a) Entre mayor sea el número de casos en que una cosa del tipo A haya sido encontrada en asociación con una cosa del tipo B, es más probable (si no se sabe de ningún caso de disociación) que A está siempre asociada a B;

b) Bajo las mismas circunstancias, un número de casos de asociación suficientes de A con B harán casi certero que A esté siempre asociada con B, y harán que esta ley general se acerque a la certeza de forma ilimitada.

Debe ser notado que la probabilidad es siempre relativa a cierta información. En nuestro caso, la información es simplemente los casos de coexistencia conocidos de A y B. Puede haber otra información, que pudiera ser tomada en cuenta, que podría alterar gravemente la probabilidad. Por ejemplo, un hombre que ha visto una gran cantidad de gansos blancos puede argumentar, basado en nuestro principio, que de la información obtenida sea probable que todos los gansos sean blancos, y esto sería un argumento perfectamente razonable. El argumento no se desacredita por el hecho de que algunos gansos sean negros, porque una cosa puede bien suceder a pesar del hecho de que cierta información lo juzgue como improbable. En el caso de los gansos, el hombre podrá reconocer que el color en particular tiende a inducir al error. Pero este conocimiento sería un dato nuevo, que de ninguna manera prueba que la probabilidad relativa a nuestra información original haya sido erróneamente estimada. El hecho, por lo tanto, de que las cosas a menudo fallen y no satisfagan nuestras expectativas no evidencia que nuestras expectativas no serán probablemente satisfechas en un caso dado o en una clase de casos dados. Luego, nuestro principio de inducción es de cualquier manera incapaz de ser desaprobado apelando a la experiencia.

El principio de inducción, sin embargo, es igualmente incapaz de ser probado apelando a la experiencia. Se puede concebir que la experiencia confirme el principio de inducción con respecto a los casos que aquí se han examinado; pero con respecto a los casos que no se han examinado, es sólo el principio de inducción lo que puede justificar cualquier inferencia de lo que se ha examinado con lo que no se ha examinado. Todos los argumentos que, con base a la experiencia, discuten con respecto al futuro o a las partes no experimentadas del pasado o presente, asumen el principio inductivo; luego no podemos usar nunca la experiencia para probar el principio inductivo sin evitar la cuestión. Entonces debemos ya sea aceptar el principio inductivo sobre la base de su evidencia intrínseca, o renunciar a toda justificación de todas nuestras expectativas sobre el futuro. Si el principio no es válido, no tenemos razón para esperar que mañana salga el sol, esperar que el pan sea más nutritivo que una piedra, o esperar que si nos aventamos del techo nos caeremos. Cuando vemos al que parece ser nuestro mejor amigo aproximándose, no deberemos tener razón alguna para suponer que su cuerpo no está habitado por la mente de nuestro peor enemigo o de un total desconocido. Toda nuestra conducta está basada sobre las asociaciones que nos han servido en el pasado, y que por lo tanto inferimos que muy seguramente servirán en el futuro; y esta similitud depende en su validez del principio de inducción.

Los principios generales de la ciencia, tal como la creencia en el reino de la ley y la creencia de que cada evento debe tener una causa, son tan completamente dependientes del principio de inducción como las creencias de la vida diaria. Todos esos principios generales son creídos porque la humanidad ha encontrado innumerables casos que confirman su verdad y ningún caso de su falsedad. Pero esto no aporta evidencia de que puedan ser verdaderas en el futuro, a menos que el principio inductivo sea asumido.

Luego todo conocimiento que con base a la experiencia nos diga algo sobre lo que no es experimentado, está basado en nuestra creencia en que la experiencia no puede ser ni confirmada ni refutada, no obstante que, al menos en sus aplicaciones más concretas, aparenta estar tan firmemente enraizada de tal forma en nosotros como los hechos de la experiencia. La existencia y justificación de tales creencias — para el principio inductivo, se verá, no es el único ejemplo — levanta algunos de los más difíciles y debatidos problemas de la filosofía. Consideraremos brevemente, en el capítulo siguiente, lo que puede ser dicho con respecto a tal conocimiento y cuál es su alcance y grado de certeza.

Capítulo VII

Sobre nuestro conocimiento de los principios generales

En el capítulo anterior vimos que el principio de inducción, mientras que necesario para la validez de todos los argumentos basados en la experiencia, es en sí incapaz de ser probado por la experiencia, y aún sin vacilar creído por todos, al menos en sus aplicaciones concretas. El principio de inducción no es el único caso que tenga tales características. Existen muchos otros principios que no pueden ser probados o refutados por la experiencia, pero que son usados en los argumentos que parten de la experiencia.

Algunos de estos principios poseen una mayor cantidad de evidencia que el principio de inducción, y el conocimiento de ellos tiene el mismo grado de certeza como el conocimiento sobre la existencia de las informaciones sensoriales. Constituyen los medios para producir inferencias de lo que nos es dado a través de la sensación; y si lo que inferimos es verdad, es tan justamente necesario que nuestros principios de inferencia sean ciertos como lo es que nuestra información sea cierta. Los principios de inferencia son aptos para ser pasados por alto por su obviedad — la suposición que involucran es aprobada sin que nos demos cuenta de que es una suposición. Pero es muy importante darse cuenta del uso de los principios de inferencia si se quiere obtener una correcta teoría del conocimiento; porque nuestro conocimiento de ellos da lugar a preguntas complicadas e interesantes.

En todo nuestro conocimiento de los principios generales, lo que realmente pasa es que antes que nada notamos alguna aplicación particular del principio, y después nos damos cuenta que la particularidad es irrelevante y que hay una generalidad que puede ser afirmada de igual manera verdaderamente. Esto es por supuesto familiar en tales casos como cuando se enseña la aritmética: "dos y dos son cuatro" es lo primero que se aprende en el caso de un par de parejas en particular, y luego en otro caso en particular, etcétera, hasta que al final se hace posible ver que es cierto en cualquier par de parejas. Suponga a un par de hombres discutiendo qué día del mes es. Uno de ellos dice, "Al menos debes admitir que si ayer fue el día 15 hoy debe ser el 16." "Sí", contesta el otro, "debo admitirlo." "Y tú sabes", continúa el primero, "que ayer fue 15, porque ayer cenaste con Jones, y tu diario confirmará que fue en el día 15." "Sí", dice el segundo, "entonces hoy es el 16".

Ahora, tal discusión no es difícil de entender, y si se da por hecho que estas premisas son verdaderas, nadie refutará que la conclusión debe ser también verdadera. Pero su verdad depende de la instancia de un principio lógico general. El principio lógico es como sigue: "Suponga como conocido que si esto es verdadero, entonces eso es verdadero. Suponga también como conocido que esto es verdadero, entonces se sigue que eso es verdadero". Cuando se da el caso de que si esto es verdadero, es verdadero, debemos decir que esto implica eso, y que eso "se sigue de" esto. Luego nuestro principio establece que si esto implica eso, y esto es verdadero, entonces eso es verdadero. En otras palabras, "cualquier cosa que se implique por una proposición verdadera es verdadera", o "lo que sea que siga a una proposición verdadera es verdadera".

Este principio está realmente involucrado — al menos casos concretos de él están involucrados — en todas las demostraciones. Cuando sea que una cosa que creamos es usada para probar otra, que en consecuencia creemos, este principio es relevante. Si cualquiera pregunta: "¿Por qué tengo que aceptar los resultados obtenidos de argumentos válidos basados en premisas verdaderas?, sólo podemos contestar apelando a nuestro principio. De hecho, la verdad de este principio es imposible de ser puesta en duda, y su obviedad es tan grande que a primera vista parece casi trivial. Tales principios, sin embargo, no son triviales para un filósofo, ya que enseñan que podemos tener conocimiento indubitable que no es derivado de forma alguna por objetos del sentido.

El principio anterior es simplemente uno de varios principios lógicos que son evidentes por sí mismos. Algunos de estos principios, al menos, deben ser concedidos antes de que cualquier argumento o prueba sea posible. Cuando algunos de ellos son concedidos, otros pueden ser probados, a pesar de que estos otros, en cuanto sean simples, son tan justamente obvios como los principios que se han concedido. Por alguna no muy buena razón, tres de estos principios han sido erigidos por la tradición con el nombre de "Leyes del Pensamiento".

A saber:

(1) La ley de identidad: "Lo que sea que es, es".

(2) La ley de contradicción: "Nada puede ser y no ser".

(3) La ley del medio excluido: "Todo debe ser o no ser".

Estas tres leyes son muestras de principios lógicos que son evidentes por sí mismos, pero realmente no son más fundamentales o más evidentes que varios otros principios similares: por ejemplo, el que acabamos de considerar, que establece que lo que sigue de una premisa verdadera es verdadero. El nombre "Leyes del Pensamiento" también puede causar confusión, ya que lo que es importante no es el hecho de que pensemos de acuerdo con estas leyes, mas el hecho de que las cosas se comporten de acuerdo a estas leyes; en otras palabras, el hecho de que cuando pensemos de acuerdo con ellas pensemos verazmente. Pero esta es una gran pregunta, a la cual deberemos regresar más tarde.

Además de los principios lógicos que nos permiten probar desde una premisa dada que algo es ciertamente verdadero, hay otros principios lógicos que nos permiten probar, desde una premisa dada, que hay mayor o menor probabilidad de que algo sea cierto. Un ejemplo de tales principios — tal vez el más importante — es el principio de inducción que consideramos en el capítulo anterior.

Una de las más grandes controversias en la historia de la filosofía es la controversia entre dos escuelas llamadas respectivamente "empiristas" y "racionalistas". Los empiristas — que están mejor representados por los filósofos británicos Locke, Berkeley y Hume — sostuvieron que todo nuestro conocimiento se deriva de la experiencia; los racionalistas — representados por los filósofos continentales del siglo XVII, en especial Descartes y Leibniz — sostuvieron que, además de lo que conocemos por experiencia, hay algunas "ideas innatas" y "principios innatos", que conocemos independientemente de la experiencia. Ahora es posible decidir con alguna confianza con respecto a la verdad o falsedad de estas escuelas oponentes. Se debe admitir, por las razones recién mencionadas, que los principios lógicos nos son conocidos, y que no pueden ser probados por la experiencia, ya que toda prueba los presupone. En esto por lo tanto, que fue el punto más importante de la controversia, tenían razón los racionalistas.

Por otro lado, inclusive aquella parte de nuestro conocimiento que es lógicamente independiente de la experiencia (en el sentido que la experiencia no puede probarla) es en su totalidad descubierta y causada por la experiencia. Es en ocasión de experiencias particulares cuando nos damos cuenta de las leyes generales que ejemplifican sus conexiones. Sería ciertamente absurdo suponer que hay principios innatos, en el sentido que los bebés nacen con conocimiento de todo lo que los hombres saben y que no puede ser deducido de lo que es experimentado. Por esta razón, la palabra "innato" no será empleada para describir nuestro conocimiento de los principios lógicos. El enunciado "a priori" es menos objetable y más usual en escritores modernos. Luego, mientras se admite que todo conocimiento es descubierto y causado por la experiencia, debemos sostener sin embargo que algún conocimiento es a priori, en el sentido que la experiencia que nos hace pensar en él no baste para probarlo, pero que simplemente dirige nuestra atención a su verdad sin requerir ninguna prueba de ella.

Hay otro punto de gran importancia, en el cual los empiristas tenían la razón, no así los racionalistas. Nada puede ser conocido como existente excepto por la ayuda de la experiencia. Lo que quiere decir, si queremos probar que algo de lo que no tenemos experiencia directa existe, que debemos tener de entre nuestras premisas la existencia de una o más cosas con las que tuvimos experiencia directa. Nuestra creencia de que el Emperador de China existe, por ejemplo, se apoya sobre testimonios, y los testimonios consisten, en el último análisis, de informaciones sensoriales vistas, o leídas, u oídas. Los racionalistas creían que, como consideración general sobre lo que debe ser, podían deducir la existencia de esto o aquello del mundo verdadero. En esta creencia parece que están errados. Todo el conocimiento que podemos adquirir a priori con respecto a la existencia parece ser hipotético: nos dice que si una cosa existe, otra debe existir o, más generalmente, que si una proposición es verdadera, otra debe ser verdadera. Esto es ejemplificado por los principios con los que ya hemos lidiado, como "si esto es verdadero, y esto implica eso, entonces eso es verdadero", o "si esto y eso han sido encontrados recurrentemente conectados, ellos probablemente estén conectados en el siguiente caso en donde uno de ellos se encuentre". Luego el alcance y potencial de los principios a priori está estrictamente limitado. Todo conocimiento de que algo existe debe en parte depender de la experiencia. Cuando algo es conocido de inmediato, su existencia es conocida sólo por la experiencia; cuando algo es probado como existente, sin ser conocido inmediatamente, tanto la experiencia como los principios a priori deben ser requeridos en la prueba. El conocimiento es llamado empírico cuando se basa en parte o exclusivamente en la experiencia. Luego, todo conocimiento que sostenga la existencia es empírico, y el único conocimiento a priori con respecto a la existencia es hipotético, otorgando conexiones entre las cosas que existen o puedan existir, mas sin otorgar verdadera existencia.

El conocimiento a priori no es todo del tipo lógico que hemos estado considerando hasta aquí. Tal vez el ejemplo más importante de conocimiento a priori no lógico es el conocimiento del valor ético. No me refiero de los juicios sobre lo que es útil o sobre lo que es virtuoso, ya que tales juicios requieren de premisas empíricas; me refiero de los juicios como el de lo que es deseablemente intrínseco de las cosas. Si algo es útil, debe ser útil porque asegura algún fin; el fin debe, si hemos ido lo suficientemente lejos, ser valioso en sí mismo, y no simplemente porque es útil para un fin ulterior. Por lo tanto, todos los juicios sobre lo que es útil dependen de los juicios sobre lo que tiene valor en sí mismo.

Juzgamos, por ejemplo, que la felicidad es más deseable que la tristeza, el conocimiento que la ignorancia, la buena voluntad que el odio, etcétera. Tales juicios deben, al menos en parte, ser inmediatos y a priori. Como nuestros previos juicios a priori, ellos podrán ser descubiertos por la experiencia, y en efecto deben serlo; porque parece imposible juzgar sobre si cualquier cosa es intrínsecamente valiosa a menos que hayamos experimentado algo del mismo tipo. Pero es justamente obvio que no pueden ser probadas por la experiencia; porque el hecho de que una cosa exista o no exista no prueba ya sea que es buena y que deba existir o que sea mala. La búsqueda de esto pertenece a la ética, en donde la imposibilidad para deducir lo que debe ser de lo que es debe ser establecida. En la relación actual, sólo es importante darse cuenta de que el conocimiento sobre lo que es intrínsecamente valioso es a priori en el mismo sentido en que la lógica es a priori, es decir en el sentido en que la verdad de tal conocimiento no puede ser probada ni refutada por la experiencia.

Toda matemática pura es a priori, como la lógica. Esto fue estruendosamente rechazado por los filósofos empíricos, que sostenían que la experiencia era fuente tanto de nuestro conocimiento de la aritmética como de la geografía. Afirmaban que por medio de experiencias repetidas al ver dos cosas y otras dos cosas, y al encontrar que todas juntas hacían cuatro cosas, nosotros llegábamos por inducción a la conclusión de que dos cosas y otras dos cosas harían siempre cuatro cosas todas juntas. Si, sin embargo, ésta fuera la fuente de nuestro conocimiento de que dos y dos son cuatro, debemos proceder de forma distinta, para persuadirnos de su verdad, a la forma en que realmente procedemos. De hecho, un cierto número de casos es necesario para hacernos pensar en dos abstractamente en vez de dos monedas, o dos libros, o dos personas, o dos de cualquier tipo. Pero tan pronto podemos desviar nuestros pensamientos de la particularidad irrelevante, podemos ver el principio general dos y dos son cuatro; cada caso es visto como típico, y el examen de otros casos se hace innecesario.

Lo mismo se ejemplifica en la geometría. Si queremos probar alguna propiedad sobre todos los triángulos, dibujamos algún triángulo y razonamos sobre él; podemos obviar el uso de cualquier propiedad que no comparta con los demás triángulos y no obstante, de nuestro caso particular, obtenemos un resultado general. De hecho no sentimos que nuestra certeza de que dos más dos son cuatro se incremente por nuevos casos, porque, tan pronto como vemos la verdad de esta proposición, nuestra certeza es tal que es incapaz de hacerse mayor. Es más, sentimos cierta cualidad de necesidad sobre la proposición "dos y dos son cuatro", que está ausente inclusive de las generalizaciones empíricas más probadas. Tales generalizaciones siempre permanecen como meros hechos: sentimos que puede haber un mundo en donde puedan ser falsas, a pesar de que en el nuestro resultan ser verdaderas. En cualquier mundo posible, al contrario, sentimos que dos y dos son cuatro: esto no es un simple hecho, mas una necesidad en la cual todo lo real y lo posible se debe conformar.

Este caso puede hacerse más claro por medio de la consideración de una genuina generalización empírica como "Todos los hombres son mortales". Es evidente que creemos esta proposición, en primer lugar, porque no se conoce un caso de hombres que vivan más allá de una cierta edad, y en segundo lugar, porque parece haber bases fisiológicas para pensar que un organismo, tal como el cuerpo humano, debe tarde o temprano desgastarse. Omitiendo la segunda, y considerando únicamente nuestra experiencia sobre la mortalidad del hombre, es obvio que no podemos estar contentos con un caso claramente entendido de un hombre muriendo, en donde, en el caso de "dos y dos son cuatro", un caso es suficiente, cuando es considerado con cuidado, para persuadirnos de que lo mismo puede suceder en otro caso. También podemos estar forzados a admitir, por medio de la reflexión, que puede haber alguna duda, aunque pequeña, con respecto a que todos los hombres son mortales. Esto puede hacerse claro por medio del intento de imaginar dos mundos diferentes, en donde en uno de ellos los hombres no son mortales, mientras que en el otro dos y dos son cinco. Cuando Swift nos invita a considerar la raza de los Struldbugs que nunca mueren, lo consentimos en nuestra imaginación. Pero un mundo en donde dos y dos son cinco parece estar en otro nivel. Sentimos que tal mundo, si hubiera uno, podría echar abajo toda la estructura de nuestro conocimiento y reducirnos a una duda manifiesta.

El hecho está en que, en simples juicios matemáticos como "dos y dos son cuatro", y también en muchos juicios lógicos, conocemos la proposición general sin inferirla de casos particulares, a pesar de que algún caso es usualmente necesario para aclararnos lo que significa la proposición general. Esto explica por qué hay una utilidad real en el proceso de deducción, que parte de lo general a lo general, o de lo general a lo particular; como a su vez en el proceso de inducción, que parte de lo particular a lo particular, o de lo particular a lo general. Es un viejo debate entre los filósofos si la deducción aporta en algún momento nuevos conocimientos. Podemos ahora ver que en ciertos casos, al menos, así lo hace. Si sabemos que dos y dos siempre son cuatro, y sabemos que Brown y Jones son dos, y también Robinson y Smith, podemos deducir que Brown, y Jones, y Robinson, y Smith son cuatro. Esto es un conocimiento nuevo que no estaba contenido en nuestras premisas, ya que la proposición general, "dos y dos son cuatro", nunca nos dice que había tales personas como Brown, y Jones, y Robinson, y Smith, y las premisas particulares no nos dicen que ellos hicieran cuatro, en donde la proposición particular nos informa de ambas cosas.

Pero la novedad del conocimiento es mucho menos cierta si tomamos el caso obtenido por deducción que siempre encontramos en los libros de lógica, a saber: "Todos los hombres son mortales; Sócrates es un hombre, luego Sócrates es mortal". En este caso, lo que realmente sabemos más allá de la duda razonable es que ciertos hombres, A, B, C, fueron mortales, ya que de hecho murieron. Si Sócrates fue uno de esos hombres, es tonto darle la vuelta con el "todos los hombres son mortales" para llegar a la conclusión de que probablemente Sócrates sea mortal. Si Sócrates no es uno de los hombres en los que nuestra inducción se basó, haremos mejor en argumentar directamente desde nuestro A, B, C, a Sócrates, que darle la vuelta por la proposición general "todos los hombres son mortales". (Esto es obvio, porque si todos los hombres son mortales, también lo es Sócrates; pero si Sócrates es mortal, no se sigue que todos los hombres son mortales.) Luego, deberemos llegar a la conclusión de que Sócrates es mortal con un grado mayor de certeza si hacemos nuestro argumento puramente inductivo, que si lo hacemos a través del "todos los hombres son mortales" y después usar la deducción.

Esto ilustra la diferencia entre las proposiciones generales conocidas a priori, como "dos y dos son cuatro", y las generalizaciones empíricas como "todos los hombres son mortales". Con respecto a la primera, la deducción es el modo correcto de argumentación, mientras que la inducción con respecto a la última es siempre teóricamente preferible y garantiza una mayor confianza en la verdad de nuestra conclusión, porque todos las generalizaciones empíricas son menos ciertas que sus casos particulares.

Hemos visto ahora que hay proposiciones conocidas a priori, y que de entre ellas hay las proposiciones de la lógica y de las matemáticas puras, como también de las proposiciones fundamentales de la ética. La pregunta que enseguida nos debe ocupar es la siguiente: ¿Cómo es posible que pueda haber tal conocimiento? Y con mayor detalle, ¿cómo puede haber el conocimiento de las proposiciones generales en las cuestiones donde no hemos examinado todos los casos y que por supuesto nunca podremos examinarlos todos, porque su número es infinito? Estas preguntas, que fueron primeramente consideradas de manera prominente por el filósofo alemán Kant (1724 — 1804), son muy difíciles e históricamente muy importantes.

Capítulo VIII

Cómo es posible un conocimiento a priori

Manuel Kant es generalmente considerado como el más grande de los filósofos modernos. Nunca interrumpió su cátedra de filosofía en Königsberg, Prusia del Este, a pesar de haber vivido la Guerra de los Siete Años y la Revolución Francesa. Su más destacada contribución fue la invención de lo que llamó la filosofía "crítica", la cual, asumiendo como dato de que hay conocimientos de distintos tipos, indagó cómo esos conocimientos son posibles, y dedujo, como respuesta a esta investigación, muchos resultados metafísicos con respecto a la naturaleza del mundo. Si estos resultados fueron válidos puede bien ser dudado. Pero Kant sin duda merece el crédito sobre dos cosas: primero, por haber percibido que poseemos un conocimiento a priori que no es puramente "analítico", de forma tal que lo opuesto sería autocontradictorio; y segundo, por haber hecho evidente la importancia filosófica de la teoría del conocimiento.

Antes de Kant, se sostenía generalmente que cualquier conocimiento que era a priori debía ser "analítico". Lo que esta palabra significa será mejor ilustrado por algunos ejemplos. Si digo, "Un hombre calvo es un hombre", "Una figura de un plano es una figura", "Un mal poeta es un poeta", estoy haciendo un juicio puramente analítico: el sujeto del que se habla es dado como poseedor de al menos dos propiedades, en donde una es aislada para ser afirmada. Las proposiciones como las de arriba son triviales, y nunca serían enunciadas en la vida real, excepto por un orador que prepara su camino hacia una parte sofista de su discurso. Son llamadas "analíticas" porque el predicado se obtiene por el mero análisis del sujeto. Antes de Kant, se pensaba que todos los juicios de los que pudiéramos estar seguros a priori eran de este tipo: que en todos ellos había un predicado que sólo era la afirmación de una parte del sujeto. Si esto fuera así, estaríamos involucrados en una contradicción definitiva si intentáramos refutar cualquier cosa que podía ser conocida a priori. "Un hombre calvo no es calvo" afirmaría y negaría la calvicie del mismo hombre, y por lo tanto se contradiría. Entonces, de acuerdo a los filósofos anteriores a Kant, la ley de la contradicción, que afirma que nada puede tener o no tener al mismo tiempo una propiedad en particular, era suficiente para establecer la verdad de todos los conocimientos a priori.

Hume (1711-1776), quien precedió a Kant, aceptando el punto de vista usual sobre lo que hace a priori un conocimiento, descubrió que, en muchos casos que antes habían sido supuestos como analíticos, y notablemente en el caso de la causa y el efecto, la conexión realmente era sintética. Antes que Hume, los racionalistas al menos supusieron que el efecto podía ser deducido lógicamente de la causa, con sólo tener los conocimientos suficientes. Hume argumentó — correctamente, como se admite generalmente hoy en día — que esto era imposible. Luego infirió la proposición aún más dudosa de que nada puede ser conocido a priori con respecto a las causas y los efectos. Kant, que fue educado en la tradición racionalista, estaba muy inquieto por el escepticismo de Hume y procuró encontrar una respuesta a él. Percibió que no sólo la conexión entre causa y efecto, mas todas las proposiciones aritméticas y geométricas son "sintéticas", esto es no-analíticas: en todas estas proposiciones, ningún análisis del sujeto revelará el predicado. Su caso dado fue la proposición 7 + 5 = 12. Subrayó, con verdad, que el 7 y el 5 tienen que ser relacionados para que den por resultado 12: la idea de 12 no está contenida en ellos, ni siquiera en la idea de sumarlos. Por lo tanto, llegó a la conclusión de que todas las matemáticas puras, a pesar de ser a priori, son sintéticas; y su conclusión reveló un nuevo problema del cual procuró encontrar una solución.

La pregunta con la que Kant inició su filosofía, a saber, ¿cómo son posibles las matemáticas puras?, es interesante y complicada, a la que toda filosofía que no es totalmente escéptica debe encontrar una respuesta. La respuesta de los empiristas puros, que nuestro conocimiento matemático se deriva de los casos particulares por inducción, se ha encontrado como inadecuada por dos razones: primero, que la validez del principio inductivo en sí no puede ser probado por la inducción; segundo, que las proposiciones matemáticas generales, como "dos más dos siempre resultan cuatro", pueden obviamente ser conocidas con certeza mediante la consideración de un solo ejemplo, y no ganan nada por la enumeración de otros casos en donde se han encontrado como verdaderas. Luego, nuestro conocimiento de las proposiciones matemáticas generales (y lo mismo sucede para la lógica) deben ser consideradas como algo diferente a nuestro (simplemente probable) conocimiento de las generalizaciones empíricas como "todos los hombres son mortales".

El problema se descubre a través del hecho que tal conocimiento es general, cuando toda experiencia es particular. Parece extraño que aparentemente debamos estar en la posibilidad de saber algunas verdades por adelantado sobre cosas particulares con las que aún no hemos tenido experiencia; pero no se puede dudar fácilmente que la lógica y la aritmética pueden ajustarse a tales cosas. No sabemos quiénes serán los habitantes de Londres en cien años, pero sabemos que cualquier par de ellos y cualquier otro par de ellos harán cuatro. Este potencial aparente para anticiparse a los hechos sobre las cosas de las que no tenemos experiencia es en verdad sorprendente. La solución de Kant, a pesar de no ser válida en mi opinión, es interesante. Es, sin embargo, muy complicada y es entendida de diversas maneras por distintos filósofos. Sólo podremos, por lo tanto, dar un breve repaso sobre ella, inclusive al grado de que será considerado como engañoso por algunos seguidores del sistema kantiano.

Lo que Kant sostuvo fue que toda nuestra experiencia tiene dos elementos que se deben distinguir; uno debido al objeto (esto es lo que llamamos el "objeto físico"), el otro debido a nuestra propia naturaleza. Vimos, al discutir sobre la materia y las informaciones sensoriales, que el objeto físico es diferente de las informaciones sensoriales asociadas, y que las informaciones sensoriales deben ser consideradas como el resultado de nuestra interacción entre el objeto físico y nosotros. Hasta aquí estamos de acuerdo con Kant. Pero lo que se distingue en Kant es la forma en que distribuye lo que nos corresponde y lo que le corresponde al objeto físico respectivamente. Considera que el material primario que obtenemos por medio de los sentidos — el color, la dureza, etc. — se debe al objeto, y que lo que nosotros proveemos es su arreglo en el espacio y en el tiempo, y todas las relaciones entre las informaciones sensoriales resultan de la comparación o de la consideración de una como la causa de la otra o viceversa. Su principal razón a favor de este punto de vista es que parece que tenemos un conocimiento a priori con respecto al espacio y al tiempo, y de la causalidad y la comparación, pero no con respecto al material primario de las sensaciones. Podemos estar seguros, nos dice, que todo lo que podamos alguna vez experimentar debe mostrar las características afirmadas de esto en nuestro conocimiento a priori, porque estas características se deben a nuestra propia naturaleza, y por lo tanto nada puede ser experimentado sin tener estas características.

El objeto físico, que llama la "cosa en sí", la considera como esencialmente incognoscible; lo que puede ser conocido es el objeto tal como lo tenemos en la experiencia, que llama "fenómeno". El fenómeno, siendo un producto mixto de nosotros y la cosa en sí, tiene con seguridad esas características que se deben a nosotros, y es por lo tanto seguro para conformarse a nuestro conocimiento a priori. De aquí que este conocimiento, a pesar de ser verdadero para todas las experiencias actuales y posibles, no debe ser supuesto para que aplique fuera de la experiencia. Luego, no obstante la existencia del conocimiento a priori, no podemos saber nada sobre la cosa en sí o sobre lo que no es un objeto de la experiencia actual o posible. De esta manera trata de reconciliar y armonizar las controversias de los racionalistas con los argumentos de los empiristas.

Aparte de que la filosofía de Kant puede ser criticada desde fundamentos menores, hay una objeción principal que parece fatal para todo intento de tratar con su método el problema del conocimiento a priori. La cosa que debe ser tomada en cuenta es nuestra certeza de que los hechos deben conformarse a la lógica y a la aritmética. Decir que la lógica y la aritmética son una contribución nuestra no cuenta en este caso. Nuestra naturaleza es tanto un hecho del mundo existente como cualquier otra cosa, y no puede haber certeza de que permanecerá constante. Podrá pasar, si Kant tiene la razón, que mañana nuestra naturaleza cambie de tal manera como para hacer que dos y dos sean cinco. Esta posibilidad parece ser que nunca se le ocurrió, no obstante es una posibilidad que destruye completamente la certeza y universalidad que está ansioso a vindicar por medio de proposiciones aritméticas. Es cierto que esta posibilidad, formalmente, es inconsistente con la visión de Kant de que el tiempo en sí es una forma impuesta por el sujeto sobre los fenómenos, de tal forma que nuestro verdadero Yo no está en el tiempo y no tiene mañana. Pero él de todas formas tendrá que suponer que el orden temporal de los fenómenos es determinado por las características que hay detrás de los fenómenos, y esto basta para la sustancia de nuestro argumento. La reflexión, también, parece aclarar que, si hay alguna verdad en nuestras creencias aritméticas, éstas deben poderse aplicar a las cosas, ya sea que pensemos en ellas o no. Dos objetos físicos y otros dos objetos físicos deben ser cuatro objetos físicos, inclusive si estos objetos físicos no pueden ser experimentados. Para afirmar, esto está ciertamente dentro de la esfera de lo que queremos decir cuando declaramos que dos y dos son cuatro. Su verdad es tan indubitable como la verdad de la afirmación que dos fenómenos y otros dos fenómenos hacen cuatro fenómenos. Entonces, la solución de Kant injustamente limita la esfera de las proposiciones a priori, además de fallar en el intento de darle una explicación a su certeza.

Además de las doctrinas especiales defendidas por Kant, es muy común entre los filósofos considerar lo que es a priori como algo en cierto sentido mental, cuando en cambio debe ser considerado como la forma en que debemos pensar sobre cualquier hecho del mundo exterior. Notamos en el capítulo precedente los tres principios que comúnmente se llaman "leyes del pensamiento". El punto de vista que nos guio a su ser puede ser considerado como natural, pero hay fuertes razones para considerar que esto es erróneo. Permítasenos usar como un ejemplo la ley de la contradicción. Ésta es normalmente formulada como "Nada puede ser y no ser", cuya intención es expresar el hecho que nada puede al mismo tiempo tener o no tener una misma propiedad. Luego, por ejemplo, si un árbol es una playa no puede ser al mismo tiempo que no sea una playa; si mi mesa es rectangular no puede ser no-rectangular, etcétera.

Ahora, lo que hace natural el llamar a este principio como una ley de pensamiento es que por medio del pensamiento, más que por la observación externa, nos persuadimos de su verdad necesaria. Cuando hemos visto que un árbol es una playa, no necesitamos ver de nuevo para descubrir que también no es una playa; pensado aparte nos hace saber que es imposible. Pero la conclusión de que la ley de la contradicción es una ley del pensamiento es sin embargo errónea. Lo que creemos, cuando creemos en la ley de la contradicción, no es que la mente está de tal forma hecha que deba creer en la ley de la contradicción. Esta creencia es un resultado ulterior de la reflexión psicológica que presupone la creencia en la ley de la contradicción. La creencia en la ley de la contradicción es una creencia sobre las cosas, no solamente sobre los pensamientos. No es, por ejemplo, la creencia que si pensamos que cierto árbol es una playa no podemos pensar al mismo tiempo que no es una playa; es la creencia de que si el árbol es una playa, no puede al mismo tiempo no ser una playa. Entonces, la ley de la contradicción es sobre las cosas y no simplemente sobre los pensamientos; y a pesar de la creencia que la ley de la contradicción es un pensamiento, la ley de la contradicción en sí no es un pensamiento, mas un hecho que concierne a las cosas en el mundo. Si esto, que creemos cuando creemos en la ley de la contradicción, no fuera en verdad sobre las cosas en el mundo, el hecho de que estamos obligados a pensarlo como verdadero no salvaría a la ley de la contradicción de ser falsa; y esto muestra que la ley no es una ley de pensamiento.

Un similar razonamiento se aplica a cualquier otro juicio a priori. Cuando juzgamos que dos y dos son cuatro, no estamos haciendo un juicio sobre nuestros pensamientos, sino con respecto a todas las parejas presentes o posibles. El hecho de que nuestras mentes estén de tal manera constituidas para creer que dos y dos son cuatro, a pesar de que esto último es cierto, no es enfáticamente lo que afirmamos cuando afirmamos que dos y dos son cuatro. Y ningún hecho sobre la constitución de nuestras mentes puede hacer cierto que dos y dos son cuatro. Luego, nuestro conocimiento a priori, si no es erróneo, es no nada más el conocimiento sobre la constitución de nuestras mentes, mas es aplicable a lo que sea que el mundo contenga, tanto lo que es mental como lo que no es mental.

El hecho parece ser que todo conocimiento a priori tiene que ver con entidades que no existen, hablando con corrección, tanto en lo mental como en lo físico. Estas entidades son tales como que pueden ser nombradas por las partes del lenguaje que no son substantivos; son tales entidades como las cualidades y las relaciones. Suponga, por ejemplo, que yo estoy en mi cuarto. Yo existo, y mi cuarto existe; pero ¿existe "en"? No obstante la palabra "en" tiene un significado; denota la relación que se mantiene entre mi cuarto y yo. Esta relación es algo, a pesar de que no podemos decir que existe en el mismo sentido en que mi cuarto y yo existimos. La relación "en" es algo que podemos pensar y entender, ya que, si no pudiéramos entenderla, no podríamos entender el enunciado "yo estoy en mi cuarto". Muchos filósofos, siguiendo a Kant, han sostenido que las relaciones son el accionar de la mente, que las cosas en sí no tienen relaciones, mas que la mente las pone en relación por medio de un acto de pensamiento y entonces produce las relaciones que juzga que tienen.

Este punto de vista, sin embargo, parece estar abierto a objeción de forma similar a aquellas objeciones que sostuvimos anteriormente en contra de Kant. Parece claro que no es el pensamiento lo que produce la verdad de la proposición "yo estoy en mi cuarto". Podría ser verdad que una tijerilla esté en mi cuarto, inclusive si ni yo, ni la tijerilla, ni nadie más esté consciente de esta verdad; ya que esta verdad concierne sólo a la tijerilla y al cuarto, y no depende de nada más. Entonces, las relaciones, como veremos con mayor detalle en el siguiente capítulo, deben ser puestas en un mundo que no es ni mental ni físico. Este mundo es de gran importancia para la filosofía, y en particular para los problemas del conocimiento a priori. En el siguiente capítulo procederemos a desarrollar su naturaleza y su relación con las preguntas que hemos estado tratando.

Capítulo IX

El mundo de los universales

Al final del capítulo anterior, vimos que tales entidades como las relaciones aparentan tener una existencia que es en algún modo diferente de los objetos físicos, y también es diferente de las mentes y de las informaciones sensoriales. En el capítulo presente consideraremos cuál es la naturaleza de este tipo de ser, y también qué objetos hay con este tipo de ser. Empezaremos con la última cuestión.

El problema que ahora nos concierne es uno muy viejo, ya que fue estudiado por la filosofía de Platón. La "teoría de las ideas" de Platón es un intento para resolver este problema, y en mi opinión es uno de los más exitosos hechos hasta ahora. La teoría que será sostenida en lo que sigue es mayormente platónica, con algunas modificaciones que el tiempo ha mostrado como necesarias.

La forma en que el problema surgió para Platón fue más o menos como sigue. Consideremos, por decir, una noción como la justicia. Si nos preguntamos qué es la justicia, es natural proceder por la consideración de esto, aquello y el otro acto justo con una perspectiva para descubrir qué tienen en común. Deben todos, en cierto sentido, participar de una naturaleza en común, que será encontrada en lo que sea justo y en nada más. Esta naturaleza en común, en virtud de la cual todos ellos son justos, será la justicia en sí misma, la pura esencia sin mezcla de hechos de la vida diaria que producen la multiplicidad de actos justos. Similarmente se puede hacer con cualquier otra palabra que pueda ser aplicable a los hechos comunes, como, por ejemplo, la "blancura". La palabra se puede aplicar a un número de cosas particulares porque todas participan de esa naturaleza o esencia común. Esta esencia pura es lo que Platón considera una "idea" o "forma". (No se debe suponer que las "ideas", en este sentido, existen en las mentes, a pesar de que pueden ser aprehendidas por las mentes.) La "idea" de justicia no es idéntica con algo que sea justo: es algo distinto a las cosas particulares, de la cual las cosas particulares participan. Como no es particular, la idea no puede existir en sí en el mundo de los sentidos. Además no es momentánea o mudable como las cosas de los sentidos: es eternamente ella, inmutable e indestructible.

Así Platón llega a un mundo suprasensible, más real que el mundo común de los sentidos, el inmutable mundo de las ideas, el que da al mundo de los sentidos cualquier pálido reflejo de realidad que le pueda pertenecer. Para Platón, el verdadero mundo real es el mundo de las ideas; porque cualquier cosa que intentemos decir sobre lo que hay en el mundo de los sentidos, sólo podremos atinar a decir que las cosas participan de tales y tales ideas, que, por lo tanto, constituyen su carácter entero. Desde aquí es fácil acceder al misticismo. Podemos tener la esperanza de ver, a través de una iluminación mística, las ideas del mismo modo como vemos los objetos de los sentidos; y también podemos imaginar que las ideas existen en el paraíso. Estas evoluciones hacia el misticismo son muy naturales, mas la base de la teoría se encuentra en la lógica y es con esta base como tendremos que considerarla.

La palabra "idea" ha adquirido con el transcurso del tiempo muchos significados que pueden ser bastante engañosos cuando se aplican a las "ideas" de Platón. Usaremos, pues, la palabra "universal" en vez de la palabra "idea" para describir lo que Platón quería decir. La esencia del tipo de entidad que Platón describe es la que está en oposición a las cosas en particular que son obtenidas a través de los sentidos. Hablamos sobre lo que nos es dado por las sensaciones, o de lo que es de la misma naturaleza de las cosas obtenidas por las sensaciones, como un particular; por oposición a esto, el universal será cualquier cosa que puede ser compartida por varios particulares y que tiene tales características que, como vimos, distinguen a la justicia y la blancura de los actos justos y los objetos blancos.

Cuando examinamos las palabras comunes, encontramos que, hablando generalmente, los nombres propios significan a los particulares, mientras que los demás sustantivos, adjetivos, preposiciones y verbos significan a los universales. Los pronombres significan a los particulares, pero son ambiguos: es sólo a través del contexto o de las circunstancias que sabemos a qué particulares significan. La palabra "ahora" es un particular, es decir, el momento presente; pero como todos los pronombres, es un particular ambiguo, porque el presente está en constante cambio.

Se verá que ningún enunciado puede hacerse sin al menos tener una palabra que denote un universal. Lo más cercano a ello podría ser una frase como "Me gusta esto". Pero inclusive aquí la palabra "gusta" denota a un universal, porque me pueden gustar otras cosas y a otras personas también les pueden gustar las cosas. De este modo, todas las verdades involucran a los universales, y todo conocimiento de las verdades involucra una familiarización con los universales.

Nos percatamos aquí que casi todas las palabras que encontramos en un diccionario denotan universales, es extraño que casi nadie, salvo los estudiantes de filosofía, se dé cuenta de que existen tales entidades como los universales. En un enunciado no pensamos naturalmente sobre esas palabras que no significan un particular; y si nos vemos forzados a pensar sobre la palabra que denota un universal, normalmente la pensamos como complemento de alguno de los particulares que están debajo del universal. Cuando, por ejemplo, escuchamos el enunciado "La cabeza de Carlos I fue cortada", pensaremos con naturalidad en Carlos I, en la cabeza de Carlos I, y en la operación de cortarle su cabeza, elementos que son particulares todos; pero normalmente no pensamos sobre lo que es la palabra "cabeza" o la palabra "cortada", que son universales. Sentimos que tales palabras están incompletas y que son insubstanciales; parecen demandar un contexto antes de que se pueda hacer algo con ellas. De esta forma logramos pasar por alto los universales, hasta que nos son revelados por el estudio de la filosofía.

Inclusive entre los filósofos, podemos decir, a grandes rasgos, han sido ampliamente o a menudo reconocidos sólo aquellos universales que son identificados por los adjetivos o los sustantivos, mientras que aquellos identificados por los verbos y las preposiciones han sido normalmente pasados por alto. Esta omisión ha tenido un gran efecto sobre la filosofía; es mucho decir que la mayoría de las metafísicas, desde Spinoza, han sido determinadas por ello. La forma en que esto ha ocurrido, en resumen, es como sigue: generalmente los adjetivos y los sustantivos comunes expresan cualidades o propiedades de las cosas particulares, mientras que las preposiciones y los verbos tienden a expresar las relaciones entre dos o más cosas. De este modo la omisión de las preposiciones y los verbos llevó a la creencia que toda proposición se puede atribuir a una propiedad de una cosa en particular, en vez de expresar una relación entre dos o más cosas. Por eso se supuso que, ultimadamente, no había tales entidades como las relaciones entre las cosas. Por eso habría sólo una cosa en el universo o, si hubiera muchas, no era posible que éstas interactuaran en alguna forma, ya que toda interacción supone una relación, y las relaciones son imposibles.

El primero de estos puntos de vista, defendido por Spinoza y sostenido en la actualidad por Bradley y muchos otros filósofos, es llamado monismo; el segundo, sostenido por Leibniz, pero no muy común en la actualidad, es llamado monadología, porque cada una de las cosas aisladas es llamada una mónada. Estas filosofías opuestas, interesantes en sí, son producto, en mi opinión, de una indebida atención por los universales de cierto tipo, a saber, el tipo representado por los adjetivos y sustantivos en vez de los representados por verbos y preposiciones.

De hecho, si alguno estuviera ansioso por negar en su conjunto la existencia de tales cosas como los universales, encontraremos que tampoco podremos probar estrictamente que hay tales entidades como las cualidades, esto es, los universales representados por los adjetivos y los sustantivos, mientras que podemos probar que debe haber relaciones, esto es, el tipo de universales generalmente representados por los verbos y las preposiciones. Pongamos como ejemplo el universal blancura. Si creemos que hay tal universal, debemos decir que las cosas son blancas porque tienen la cualidad de la blancura. Este punto de vista, sin embargo, fue enfáticamente negado por Berkeley y por Hume y que los empiristas posteriores han reiterado. Su punto de vista consistió en negar que hay tales cosas como las "ideas abstractas". Cuando queremos pensar en la blancura, decían, nos formamos una imagen de una cosa blanca en particular, y se razona sobre este particular, teniendo cuidado en no deducir cualquier cosa concerniente a éste que no podamos ver como igualmente verdadera en otra cosa blanca. Si consideramos nuestro proceso mental, no hay duda que lo anterior es cierto. En geometría, por ejemplo, cuando queremos probar algo sobre todos los triángulos, dibujamos un triángulo en particular y razonamos sobre él, teniendo cuidado en no usar una característica que no comparta con otros triángulos. El principiante, para evitar caer en el error, a menudo encuentra útil dibujar varios triángulos, tan distintos como sea posible, con el objeto de asegurar que su razonamiento sea igualmente aplicable a todos ellos. Mas una dificultad emerge tan pronto cuando nos preguntamos cómo sabemos que una cosa es blanca o un triángulo. Si deseamos evitar los universales blancura y triangularidad, debemos entonces escoger alguna muestra en particular del blanco o de un triángulo, y decretar así que algo es blanco o un triángulo si tiene cierto parecido a nuestras muestras. Pero entonces el parecido necesario se convertirá en un universal. Como hay muchas cosas blancas, el parecido debe ajustarse entre muchos pares de cosas blancas en particular; y ésta es la característica de un universal. Sería inútil decir que hay un parecido diferente para cada par, porque entonces tendríamos que decir que estos parecidos se parecen uno al otro, y entonces por fin estaríamos forzados a admitir que el parecido es un universal. La relación de semejanza, por lo tanto, debe ser un verdadero universal. Y habiendo estado forzados a admitir este universal, encontramos que no vale más la pena inventar teorías difíciles y poco plausibles para evitar la admisión de tales universales como la blancura o la triangularidad.

Berkeley y Hume no pudieron percibir esta refutación a su negación de las "ideas abstractas", porque, como sus adversarios, ellos pensaron sólo en cualidades, e ignoraron por completo las relaciones como universales. Tenemos aquí, por lo tanto, otro aspecto en el cual los racionalistas parecen haber tenido la razón en contra de los empiristas, a pesar que, debido a la refutación o negación de las relaciones, las deducciones hechas por los racionalistas fueron, si acaso algo, más aptas para el error que las hechas por los empiristas.

Habiendo visto que debe haber tales entidades como los universales, el siguiente punto a ser probado es que su existencia no sea simplemente mental. Lo que se quiere decir es que cualquier ser que pertenezca a ellos es independiente de su ser pensados o de alguna forma de ser aprehendidos por la mente. Ya hemos tocado este tema al final del capítulo anterior, mas debemos ahora considerar con mayor profundidad qué tipo de ser es el que le corresponde a los universales.

Considere la proposición "Edimburgo está al norte de Londres". Aquí tenemos la relación entre dos lugares, y parece claro que esta relación subsiste independientemente de nuestro conocimiento de ella. Cuando llegamos a conocer que Edimburgo está al norte de Londres, sabemos algo que sólo tiene que ver con Edimburgo y Londres: nosotros no causamos la verdad de la proposición por haberla conocido, al contrario, nosotros meramente aprehendemos el hecho que estaba ahí antes de que lo conociéramos. La parte de la superficie de la tierra en donde está Edimburgo se ubica al norte de la parte en donde está Londres, inclusive si no hubiera un ser humano que supiera sobre el norte y el sur, e inclusive si no hubiera mente alguna en todo el universo. Esto es, por supuesto, negado por muchos filósofos, ya sea por las razones de Berkeley o las de Kant. Pero ya hemos considerado estas razones y decidido que son inadecuadas. Podemos por lo tanto asumir ahora que nada mental es presupuesto en el hecho de que Edimburgo se encuentre al norte de Londres. Pero este hecho involucra la relación "al norte de", que es un universal; y sería imposible para el hecho en su totalidad involucrar nada mental si la relación "al norte de", que es parte constitutiva del hecho, involucrara algo mental. Por eso debemos admitir que la relación, como los términos que relaciona, son independientes del pensamiento, pero que pertenecen al mundo independiente en donde el pensamiento aprehende mas no crea.

Esta conclusión, sin embargo, se encuentra con la dificultad que la relación "al norte de" parece no existir en el mismo sentido en que Edimburgo y Londres existen. Si preguntamos "¿En dónde y cuándo existe esta relación?" la respuesta debe ser "En ningún lugar y en ningún tiempo". No hay lugar o tiempo en donde podamos encontrar la relación "al norte de". No existe en Edimburgo más que en Londres, porque relaciona a ambas y es neutral con respecto a ellas. Tampoco podemos decir que existe en un momento en especial. Ahora, todo lo que puede ser aprehendido por los sentidos o por la introspección existe en un momento en especial. Por eso la relación "al norte de" es radicalmente distinta de esas cosas. No está ni en el espacio ni en el tiempo, ni en lo material ni en lo mental; no obstante, es algo.

Es muy común que el tipo realmente peculiar de ser que le corresponde a los universales es lo que ha llevado a muchas personas a suponer que son verdaderamente mentales. Podemos pensar sobre un universal, y entonces nuestro pensamiento existe en un sentido ordinario, como cualquier acto de la mente. Suponga, por ejemplo, que estamos pensando sobre la blancura. Luego en un sentido se puede decir que la blancura está "en nuestra mente". Encontramos aquí la misma ambigüedad que subrayamos cuando discutimos sobre Berkeley en el Capítulo IV. En estricto sentido no es la blancura lo que está en nuestra mente, mas el acto de pensar en la blancura. La ambigüedad derivada de la palabra "idea", que subrayamos al mismo tiempo, también causa aquí confusión. En uno de los sentidos de esta palabra, a saber el sentido en que denota al objeto de un acto de pensamiento, la blancura es una "idea". Por eso, si no nos cuidamos de la ambigüedad, podemos llegar a pensar que la blancura es una "idea" en otro sentido, esto es, un acto del pensamiento; y de este modo llegamos a pensar que la blancura es mental. Pero pensando así, la despojamos de su cualidad esencial de universalidad. El acto de pensar de un hombre es necesariamente diferente al de otro hombre; el acto mental de un hombre en un momento es necesariamente diferente al acto mental del mismo hombre en otro momento. Por lo tanto, si la blancura fuera el pensamiento en oposición al objeto, ni siquiera un par de hombres podrían pensar en ella, y ningún hombre podría pensar en ella dos veces. Aquello que muchos diferentes pensamientos de blancura tienen en común es su objeto, y este objeto es diferente a todos ellos. Por esto los universales no son pensamientos, a pesar que cuando los conocemos son objetos del pensamiento.

Encontraremos entonces conveniente hablar sólo de las cosas que existen cuando están en el tiempo, es decir, cuando podemos fijar algún momento en el cual ellas existen (sin excluir la posibilidad de su existencia en todos los momentos.) Por eso los pensamientos y los sentimientos, mentes y objetos físicos existen. Pero los universales no existen en este sentido; podemos decir que subsisten o que tienen ser, en donde "ser" es opuesto a la "existencia" por ser imperecedero. El mundo de los universales, por lo tanto, se puede describir como el mundo del ser. El mundo del ser es inamovible, rígido, exacto, placentero para el matemático, el lógico, el constructor de sistemas metafísicos y de todos aquellos que aman a la perfección más que a la vida. El mundo de la existencia es efímero, vago, sin fronteras definidas, sin ningún plan o arreglo claros, pero que contiene a todos los pensamientos y a los sentimientos, a toda la información de los sentidos y a todos los objetos físicos, a todo lo que puede ser bueno o malo, a todo lo que puede hacer alguna diferencia en la valía de la vida y en el mundo. De acuerdo a nuestro temperamento, podemos preferir la contemplación del uno o del otro. El que no prefiramos nos parecerá una pálida sombra del que prefiramos y difícilmente merecedor de ser considerado en algún sentido como real. Mas la verdad es que ambos reclaman la misma importancia de nuestro interés imparcial, ambos son reales y ambos son importantes para el metafísico. Por supuesto que no mucho tiempo después de haber distinguido ambos mundos se hace necesario considerar sus relaciones.

Pero antes debemos examinar nuestro conocimiento sobre los universales. Esta consideración nos ocupará en el siguiente capítulo, en donde encontraremos que se resuelve el problema del conocimiento a priori, por el que empezamos a considerar los universales.

Capítulo X

Sobre nuestro conocimiento de los universales

Con respecto al conocimiento de un hombre en un momento dado, los universales, como los particulares, se pueden dividir en aquellos que se conocen directamente, aquellos que se conocen sólo por descripción y los que no se conocen directamente o por descripción.

Consideremos primero el conocimiento de los universales que se conocen directamente. Es obvio, para empezar, que estamos familiarizados con tales universales como blanco, rojo, negro, dulce, amargo, ruidoso, duro, etc., esto es, con las cualidades que se ejemplifican con las informaciones sensoriales. Cuando vemos una mancha blanca, nos percatamos, en primera instancia, con esa mancha en particular; pero al ver varias manchas blancas en distintos momentos y lugares, aprendemos fácilmente a abstraer la blancura que tienen todas en común, y aprendiendo a hacer esto, aprendemos a estar familiarizados con la blancura. Un proceso similar nos familiarizará con cualquier otro universal del mismo tipo. A los universales de este tipo los llamaremos "cualidades sensibles". Ellas pueden ser aprehendidas con menos esfuerzo de abstracción que cualesquiera otras, y parecen estar más cerca de los particulares que cualquier otro universal.

Llegamos enseguida a las relaciones. Las relaciones más fáciles de aprehender son aquellas que se dan entre las diferentes partes de una información sensorial compleja. Por ejemplo, yo, de un vistazo, veo toda la página sobre la que escribo; por lo tanto la página completa se incluye en una información sensorial. Mas percibo que algunas partes de la página están a la izquierda de otras partes, y algunas partes están arriba de otras partes. El proceso de abstracción en este caso parece proceder de algo como lo que sigue: veo sucesivamente un número de informaciones sensoriales en donde una parte está a la izquierda de otra; percibo, como en el caso de las manchas blancas, que todas las informaciones sensoriales tienen algo en común, y por abstracción encuentro que lo que tienen en común es una cierta relación entre sus partes, es decir, la relación que llamo "estar a la izquierda de". De esta forma me familiarizo con el universal relación.

De igual manera me percato de la relación temporal del antes y del después. Suponga que oigo un juego de campanas: cuando la última campana suena, yo retengo todo el juego ante mi mente y me percato que las primeras campanas se oyeron antes que las últimas. También en la memoria percibo que lo que recuerdo es anterior al tiempo presente. Por cualesquiera de estas fuentes puedo abstraer la relación universal del antes y del después, tal como abstraje la relación universal "estar a la izquierda de". De este modo las relaciones temporales, como las espaciales, están entre aquellas que conocemos directamente.

La semejanza es otra relación con la que nos familiarizamos de forma muy similar. Si veo simultáneamente dos tonos de verde, me doy cuenta que ambos se parecen; si también veo un tono de rojo al mismo tiempo, me percato que los dos tonos de verde son más semejantes entre ambos que cualquiera de ellos con el rojo. De esta manera conozco directamente el universal semejanza o similitud.

Entre los universales, como entre los particulares, hay relaciones con las que nos percatamos de inmediato. Hemos visto que podemos percibir que la semejanza entre dos tonos de verde es mayor que la semejanza entre el tono de rojo con cualquiera de los tonos de verde. Aquí nos enfrentamos con una relación, a saber la relación "mayor que", entre dos relaciones. Nuestro conocimiento de tales relaciones, a pesar que requiere más capacidad de abstracción que la que se necesita para percibir las cualidades de las informaciones sensoriales, aparenta ser inmediata igualmente, y (al menos en algunos casos) igualmente indubitable. De este modo hay un conocimiento inmediato de los universales como también de las informaciones sensoriales.

Regresando ahora al problema del conocimiento a priori, que dejamos sin solución cuando empezamos el estudio de los universales, nos encontramos en una mejor posición para tratar con él que la que nos era posible anteriormente. Permítasenos revertir la proposición "dos y dos son cuatro". Es bastante obvio, tomando en cuenta lo que se ha dicho hasta ahora, que esta proposición establece una relación entre el universal "dos" y el universal "cuatro". Esto sugiere una proposición que debemos ahora procurar establecer: a saber, Todo el conocimiento a priori trata exclusivamente con las relaciones de los universales. Esta proposición es de gran importancia, y recorre un largo camino hasta la solución de nuestras dificultades previas sobre el conocimiento a priori.

El único caso en donde parecerá, a primera vista, que nuestra proposición es falsa, es aquel en que una proposición a priori establece que todos los particulares de una clase pertenecen a alguna otra clase, o (lo que es lo mismo) que todos los particulares que tengan una propiedad también posean otra. En este caso parecerá como si tratáramos con los particulares que tienen una propiedad en vez de con la propiedad misma. La proposición "dos y dos son cuatro" viene realmente al caso, ya que ésta puede establecerse en la forma "cualquier par y otro par son cuatro", o "cualquier colección formada de dos pares es una colección de cuatro". Si podemos mostrar que tales enunciados solamente tratan con universales, nuestra proposición puede ser considerada como verdadera.

Una forma de descubrir sobre lo que trata una proposición, es la de preguntarnos qué palabras debemos entender — es decir, con qué objetos debemos estar familiarizados — para saber lo que significa la proposición. Tan pronto como sabemos lo que la proposición significa, inclusive si todavía no sabemos si es verdadera o falsa, es evidente que debemos estar familiarizados con lo que sea que trate tal proposición. Aplicando esta prueba, parece que muchas proposiciones que parecen tratar sobre los particulares realmente tratan sólo sobre los universales. En el caso especial de "dos y dos son cuatro", inclusive cuando interpretamos su sentido como "cualquier colección formada de dos pares es una colección de cuatro", está claro que entendemos la proposición, esto es, que podemos saber lo que es por lo que afirma, tan pronto como sabemos lo que significan "colección" y "dos" y "cuatro". Es totalmente innecesario conocer todas las parejas en el mundo: si esto fuera necesario obviamente nunca podríamos entender la proposición, ya que la cantidad de parejas es infinita y por lo tanto no nos pueden ser todas conocidas. Así, a pesar que nuestro enunciado general implica los enunciados sobre las parejas en particular tan pronto como sabemos que hay tales parejas particulares, aunque no afirma o implica en sí que haya esas parejas particulares, y aunque falle para enunciar cualquier frase sobre lo que sea cualquier pareja particular presente. El enunciado hecho es sobre la "pareja", el universal, y no sobre esta o aquella pareja.

Por lo tanto el enunciado "dos y dos son cuatro" trata exclusivamente con universales, y por lo tanto puede ser conocido por cualquiera que esté familiarizado con los universales a los que se refiera y pueda percibir la relación entre ellos afirmada por el enunciado. Debe ser tomado por un hecho, descubierto por medio de la reflexión sobre nuestro conocimiento, que tenemos el potencial de percibir a veces tales relaciones entre los universales, y entonces a veces conocer las proposiciones generales a priori como las de la aritmética y la lógica. Eso que parecía misterioso, cuando previamente consideramos ese tipo de conocimiento, era lo que parecía anticiparse y controlar la experiencia. Esto, sin embargo, hemos visto que ha sido un error. Ningún hecho que concierne a lo que sea capaz de ser experimentado puede ser conocido independientemente de la experiencia. Sabemos a priori que dos cosas y otras dos cosas juntas hacen cuatro cosas, pero no sabemos a priori que si Brown y Jones son dos, y Robinson y Smith son dos, entonces Brown, y Jones, y Robinson, y Smith son cuatro. La razón es que la proposición no puede ser entendida del todo a menos que conozcamos que hay tales personas como Brown, y Jones, y Robinson y Smith, y esto sólo puede ser conocido a través de la experiencia. Por eso, a pesar que nuestra proposición general es a priori, todas sus aplicaciones en particulares presentes involucran a la experiencia y por lo tanto contienen un elemento empírico. De esta forma lo que parecía misterioso sobre nuestro conocimiento a priori se ha visto basado en un error.

Servirá para esclarecer el punto, si contrastamos nuestro genuino juicio a priori con una generalización empírica, como la de "todos los hombres son mortales". Aquí, como antes, podemos comprender lo que la proposición significa tan pronto como entendamos a los universales que involucra el enunciado, a saber "hombre" y "mortal". Es obviamente innecesario tener un conocimiento directo de toda la raza humana para que podamos entender lo que nuestra proposición significa. De este modo la diferencia entre una proposición general a priori y una generalización empírica no procede del significado de la proposición; viene en la naturaleza de la evidencia de él. En el caso empírico, la evidencia consiste de los casos particulares. Creemos que todos los hombres son mortales, porque sabemos que hay una gran cantidad de evidencia de hombres que mueren, y ninguna evidencia de que puedan vivir más allá después de cierta edad. No lo creemos porque nosotros veamos una conexión entre el universal hombre y el universal mortal. Es verdad que si la fisiología puede probar, asumiendo las leyes generales que gobiernan los organismos vivientes, que ningún ser vivo puede durar para siempre, eso da la conexión entre hombre y mortalidad que nos permite afirmar nuestra proposición sin apelar a una especial evidencia de hombres muriendo. Pero esto sólo significa que nuestra generalización ha sido subsumida en una generalización mayor, en la cual la evidencia es todavía del mismo tipo, empero más extensa. El progreso de la ciencia constantemente produce tales síntesis y por lo tanto da una base inductiva progresivamente más amplia para las generalizaciones científicas. Mas a pesar que esto da un mayor grado de certeza, no produce un tipo diferente: la base fundamental permanece inductiva, esto es, derivada de los casos y no una conexión a priori de los universales como los que tenemos en la aritmética y en la lógica.

Dos puntos opuestos se observan con respecto a las proposiciones generales a priori. El primero es que, si se conocen muchos casos particulares, nuestra proposición general podrá ser obtenida en la primera instancia por inducción, y la conexión de sus universales será subsecuentemente percibida. Por ejemplo, se sabe que si dibujamos líneas perpendiculares desde cada uno de las líneas de un triángulo hacia los ángulos opuestos, las tres líneas perpendiculares se encontrarán en un punto. Podrá ser posible que para llegar a esta proposición dibujemos este tipo de perpendiculares en triángulos de distintas formas, y encontrar así que estas líneas se encuentran siempre en un punto; esta experiencia nos llevará a considerar una prueba general y así encontrarla. Estos casos son comunes en la experiencia de todos los matemáticos.

El otro punto es más interesante y también tiene mayor importancia filosófica. El punto es que a veces nosotros conocemos una proposición general de casos en donde no conocemos un solo ejemplo de ella. Pongamos como ejemplo el siguiente caso: Sabemos que cualquier par de números puede ser multiplicado y que darán un tercer número que llamamos su producto. Sabemos que todos los pares de números enteros cuyo producto sea menor a 100 han sido multiplicados entre ellos y que el valor de su producto fue registrado en la tabla de multiplicación. Pero también sabemos que la cantidad de números enteros es infinita, y que sólo una limitada cantidad de pares de números enteros fueron o serán pensados por los seres humanos. De aquí se sigue que hay pares de números enteros de los que nunca se pensó y de los que nunca se pensará por los seres humanos, y que todos ellos tratan de números enteros cuyo producto es mayor a 100. Por consiguiente llegamos a la proposición: "Todos los productos de dos números enteros, que nunca fueron ni nunca serán pensados por un ser humano, son mayores a 100". Aquí tenemos una proposición general de una verdad innegable, y aún, por la naturaleza del caso, no podremos dar un ejemplo de ella, porque cualquier par de números que podamos pensar para ejemplificarla son excluidos por los términos de la proposición.

Esta posibilidad, del conocimiento de proposiciones generales sobre las que ningún ejemplo puede ser dado, es a menudo negado, porque no se percibe que el conocimiento de tales proposiciones sólo requiere del conocimiento de las relaciones entre los universales y que no requiere cualquier conocimiento de casos específicos de los universales en cuestión. No obstante, el conocimiento de tales proposiciones generales es vital para la mayoría de lo que es generalmente admitido como conocido. Por ejemplo, hemos visto en los primeros capítulos que el conocimiento de los objetos físicos, en oposición a las informaciones sensoriales, sólo es obtenido por inferencia, y que no son las cosas en sí lo que conocemos. Por eso nunca sabremos sobre alguna proposición de la forma "esto es un objeto físico", en donde "esto" es algo que conocemos inmediatamente. Se sigue que todo nuestro conocimiento concerniente a los objetos físicos es tal que ningún ejemplo de él puede ser dado. Podemos dar ejemplos de las informaciones sensoriales asociadas, pero no podemos dar ejemplos de los objetos físicos en sí. Por consiguiente nuestro conocimiento de los objetos físicos depende por completo sobre la posibilidad de nuestro conocimiento general en donde ningún ejemplo puede ser dado. Y lo mismo se aplica a nuestro conocimiento de las mentes de otras personas, o de cualquier tipo de cosas en donde ningún ejemplo nos es dado por conocimiento directo.

Podemos ahora hacer un inventario de las fuentes de nuestro conocimiento como han ido apareciendo a través de nuestro análisis. Debemos primero distinguir el conocimiento de las cosas y el conocimiento de las verdades. Cada uno contiene dos tipos, uno inmediato y el otro derivado. Nuestro conocimiento inmediato de las cosas, que hemos llamado conocimiento directo, consiste a su vez en dos tipos, de acuerdo a las cosas conocidas, ya particulares o ya universales. Entre los particulares, tenemos conocimiento directo con las informaciones sensoriales y (probablemente) con nosotros mismos. Entre los universales, parece no haber principio por el que podamos decidir cuáles son por conocimiento directo, pero está claro que entre ellos están los que nos son conocidos por cualidades sensibles, relaciones espaciales y temporales, semejanza, y ciertos universales lógicos abstractos. Nuestro conocimiento derivado de las cosas, que hemos llamado conocimiento por descripción, siempre involucra tanto el conocimiento directo de algo y el conocimiento de las verdades. Nuestro conocimiento inmediato de las verdades puede ser llamado conocimiento intuitivo, y las verdades así conocidas pueden ser llamadas verdades autoevidentes. Entre tales verdades se incluyen aquellas que simplemente establecen lo que nos es dado por los sentidos y también ciertos principios abstractos lógicos y aritméticos, y (a pesar de que con menor certeza) algunas proposiciones éticas. Nuestro conocimiento de las verdades derivado consiste en todo aquello que podamos deducir de las verdades autoevidentes por el uso de principios de deducción autoevidentes.

Si la relación anterior es correcta, todo nuestro conocimiento de las verdades depende de nuestro conocimiento intuitivo. Por lo tanto se hace importante considerar la naturaleza y alcance de nuestro conocimiento intuitivo, del mismo modo en que, en una fase anterior, consideramos la naturaleza y alcance de nuestro conocimiento directo. Pero el conocimiento de las verdades presenta un problema adicional, que no se presenta en el conocimiento de las cosas, a saber, el problema del error. Algunas de nuestras creencias resultan ser erróneas, y por lo tanto se hace necesario considerar cómo, si lo hay, podemos distinguir el conocimiento del error. Este problema no emerge en el conocimiento directo, inclusive en los sueños y en las alucinaciones, no está involucrado al error en tanto no vayamos más allá del objeto inmediato, esto es de las informaciones sensoriales como signo de algún objeto físico. De este modo los problemas conectados con el conocimiento de las verdades son más difíciles que aquellos conectados con el conocimiento de las cosas. Como primer problema concerniente al conocimiento de las verdades, permítasenos considerar la naturaleza y alcance de nuestros juicios intuitivos.

Capítulo XI

Sobre el conocimiento intuitivo

Existe la impresión común que todo lo que creemos es capaz de ser probado, o al menos de ser mostrado como muy probable. Muchos tienen la sensación que una creencia de la que ninguna razón se pueda dar es una creencia irracional. En general, este punto de vista es justo. Casi todas nuestras creencias comunes son inferidas, o capaces de ser inferidas, de otras creencias que pueden ser tomadas como proveedoras de razón para ellas. Como regla general, la razón ha sido olvidada, o inclusive nunca ha estado presente conscientemente en nuestras mentes. Muy pocos de nosotros alguna vez nos preguntamos, por ejemplo, qué razón hay para suponer que la comida que estamos a punto de comer no se convertirá en veneno. No obstante sentimos, cuando se nos reta, que una razón perfectamente buena pudiera ser encontrada para justificar lo contrario, inclusive si no la tenemos disponible en ese momento. Y, normalmente, tenemos justificación para tener esta creencia.

Mas imaginemos a un insistente Sócrates, quien, no obstante cualquier razón le demos, continúa demandando una razón para la razón. Entonces seremos llevados tarde o temprano, y más temprano que tarde, a un punto en donde no podamos encontrar más razones, y en donde se torne en casi una certeza que ninguna razón pueda ser inclusive capaz de ser descubierta teóricamente. Empezando con las creencias comunes de nuestra vida diaria, podemos retroceder paso a paso, hasta que lleguemos a algún principio general, o a alguna instancia de un principio general que parezca luminosamente evidente y que no sea en sí capaz de ser deducida de algo más evidente. En la mayoría de las preguntas de la vida diaria, tales como si nuestra comida va a ser nutritiva o venenosa, debemos regresar al principio de inducción que discutimos en el Capítulo IV. Pero más allá de este principio, parece no haber mayor regresión. El principio en sí es constantemente usado por nuestro razonamiento, a veces conscientemente, a veces inconscientemente; pero no hay razonamiento que, empezando desde un principio autoevidente más simple, nos guíe al principio de inducción y su conclusión. Lo mismo opera para otros principios lógicos. Su verdad es evidente para nosotros, y los empleamos para construir demostraciones; pero ellos en sí mismos, o al menos algunos de ellos, nos incapaces de ser demostrados.

La autoevidencia, sin embargo, no se limita a aquellos principios generales que son incapaces de ser probados. Cuando una cierta cantidad de principios lógicos ha sido admitida, el resto pueden ser deducidos de ellos; pero las proposiciones deducidas son a menudo tan autoevidentes como aquellas que fueron asumidas sin prueba alguna. Toda la aritmética, también, puede ser deducida de los principios generales de la lógica, aunque las proposiciones simples de la aritmética, como "dos y dos son cuatro", sean tan autoevidentes como los principios de la lógica.

Parecerá, también, a pesar que esto es más discutible, que hay algunos principios éticos autoevidentes tales como "debemos buscar lo que es bueno".

Debe observarse que, en todos los casos de los principios generales, los casos particulares, que tratan de las cosas que nos son familiares, son más evidentes que el principio general. Por ejemplo, la ley de la contradicción establece que nada puede tener una cierta propiedad y no tenerla. Esto es evidente tan pronto como es entendido, pero no es tan evidente como que una rosa en particular que vemos no pueda ser roja y no roja. (Por supuesto, es posible que partes de la rosa sean rojas y partes de otro color, o que la rosa sea de un tono de rosa que nosotros difícilmente conozcamos y que no sepamos si calificarlo como rojo o no; pero en el caso primero es claro que la rosa como un todo no es roja, mientras que en el último la respuesta es definida teóricamente tan pronto decidamos sobre una precisa definición de "rojo".) Es a través de casos particulares que nos es posible llegar al principio general. Sólo aquellos que están acostumbrados a tratar con las abstracciones pueden fácilmente alcanzar un principio general sin la ayuda de los ejemplos.

Además de los principios generales, los otros tipos de verdades autoevidentes son aquellas que se derivan inmediatamente de las sensaciones. Llamamos a esas verdades como "verdades de percepción", y los juicios que las expresan serán llamados "juicios de percepción". Pero aquí se necesita tener cierto cuidado en llegar a la naturaleza precisa de las verdades que son autoevidentes. Las informaciones sensoriales presentes no son ni verdaderas ni falsas. Una mancha que veo de un color en particular, por ejemplo, simplemente existe: no es el tipo de objeto que es verdadero o falso. Es verdad de que hay tal mancha, verdad que tiene cierta forma y grado de brillantez, verdad que está rodeada de otros colores. Pero la mancha en sí misma, como todo lo demás en el mundo de los sentidos, es radicalmente distinta de las cosas que son verdaderas o falsas, y por lo tanto no se puede decir con propiedad que es verdadera. De este modo, cualesquiera de las verdades autoevidentes que puedan ser obtenidas de nuestros sentidos deben ser diferentes de nuestras informaciones sensoriales por las cuales son obtenidas.

Parece ser que hay dos tipos de verdades de percepción autoevidentes, a pesar, tal vez, que en el último análisis los dos tipos puedan fundirse. Primero está el tipo que simplemente afirma la existencia de una información sensorial, sin de manera alguna analizarlo. Vemos una mancha de rojo, y juzgamos que "hay una tal-y-tal mancha de rojo", o más estrictamente "hay esto"; este es un tipo de juicio de percepción intuitivo. El otro tipo emerge cuando el objeto del sentido es complejo, y lo sujetamos a cierto grado de análisis. Si, por ejemplo, vemos una mancha roja circular, podemos juzgar que "la mancha roja es circular". Esto es de nuevo un juicio de percepción, pero difiere del tipo anterior. En el tipo presente tenemos una sola información sensorial que tiene tanto color como forma: el color es rojo y la forma circular. Nuestro juicio analiza la información en color y forma, y luego la recombina estableciendo que el color rojo es de forma circular. Otro ejemplo de este tipo de juicio es "esto está a la derecha de aquello", en donde "esto" y "aquello" son vistos simultáneamente. En este tipo de juicio la información sensorial contiene constituyentes que tienen alguna relación entre ellos, y el juicio afirma que estos constituyentes tienen esta relación.

Otro tipo de juicios intuitivos, análogos a aquellos del sentido y sin embargo bastante distintos de ellos, son los juicios de la memoria. Hay cierto peligro de caer en la confusión con respecto a la naturaleza de la memoria, debido al hecho que el recuerdo de un objeto es apto de ser acompañado por la imagen del objeto, y no obstante la imagen no puede ser lo que constituye la memoria. Esto se puede ver con facilidad simplemente reparando en que la imagen está en el tiempo presente, mientras que lo que es recordado es sabido que está en el tiempo pasado. También ciertamente, podemos hasta cierto punto comparar nuestra imagen con el objeto recordado, así que a menudo sabemos, dentro de unos límites más o menos amplios, que tan precisa es nuestra imagen; mas esto sería imposible, a menos que el objeto, en oposición a la imagen, estuviera de alguna forma presente a la mente. Así la esencia de la memoria no está constituida por una imagen, sino por tener inmediatamente frente a la mente un objeto que es reconocido como pasado. Pero si tomamos a la memoria en este sentido, no podríamos saber que alguna vez hubo del todo un pasado, como tampoco entenderíamos la palabra "pasado" mucho más que un hombre nacido ciego puede entender la palabra "luz". De este modo debe haber juicios intuitivos de la memoria, y es sobre ellos, esencialmente, en donde todo nuestro conocimiento del pasado depende.

En el caso de la memoria, sin embargo, se yergue una dificultad, que la memoria es notoriamente falaz, y así arroja cierta duda sobre la confiabilidad de los juicios intuitivos en general. Esta dificultad no es de fácil solución. Pero permítasenos acotar lo más posible sus alcances. Hablando en general, la memoria es confiable en proporción a lo vívido de la experiencia y a lo cercana que esté en el tiempo. Si la casa de al lado fue golpeada por un rayo hace medio minuto, el recuerdo que tendría sobre lo que vi y oí será tan confiable que sería ridículo dudar si en realidad hubo tal rayo. Y lo mismo aplica a experiencias menos vívidas, en cuanto sean recientes. Estoy absolutamente seguro que medio minuto atrás estaba sentado en la misma silla en la que estoy sentado ahora. Retrocediendo en el día, encuentro cosas de las que estoy bastante seguro, otras cosas de las que estoy casi seguro, otras cosas de las que estoy seguro por medio del pensamiento y por el recuerdo de las circunstancias en que sucedieron, y de otras cosas que por ningún motivo puedo estar seguro. Estoy bastante seguro que tuve mi desayuno esta mañana, pero si el desayuno me fuera indiferente, como a todo filósofo que se precie de serlo, debería tener dudas. Con respecto a la conversación durante el desayuno, puedo recordar algo de ella fácilmente, algo mediante un esfuerzo, algo bastante dubitativamente, y lo demás ni siquiera lo recuerdo. De este modo hay una continua gradación en el grado de autoevidencia de lo que recuerdo y una correspondiente gradación en la confiabilidad de mi memoria.

Hasta ahora la primera respuesta a la dificultad de la memoria falaz es que la memoria tiene grados de autoevidencia, y que éstos corresponden a los grados de su confiabilidad, llegando a un límite de autoevidencia y confiabilidad perfectas en nuestra memoria en los eventos que son recientes y vívidos.

Parecerá, sin embargo, que hay casos firmemente sustentados en donde la memoria es totalmente falsa. Es probable que, en estos casos, lo que realmente se recuerda, en el sentido de estar inmediatamente frente a la mente, es totalmente otro que lo que con falsedad es creído, aunque generalmente algo asociado con ello. Se dice que Jorge IV creyó al final que realmente estuvo en la batalla de Waterloo, porque con frecuencia dijo que estuvo ahí. En este caso, lo que era inmediatamente recordado fue su repetida afirmación; la creencia en lo que afirmaba (si existió) fue producida por la asociación con la afirmación recordada, y por lo tanto no sería un caso genuino de memoria. Parece ser que los casos de memoria falaz podrán ser tratados de esta manera, esto es, que no pueden ser mostrados como casos de la memoria en el estricto sentido.

Un punto importante sobre la autoevidencia es esclarecido por el caso de la memoria, y ése es que la autoevidencia tiene grados: no es una cualidad que simplemente esté presente o ausente, mas una cualidad que puede estar más o menos presente, en gradaciones que van desde la certeza absoluta hasta una casi imperceptible languidez. Las verdades de la percepción y algunos principios de la lógica tienen el grado más alto de autoevidencia; las verdades de la memoria inmediata tienen casi el mismo grado. El principio de inducción tiene menos autoevidencia que otros principios lógicos, tales como "lo que sigue a una premisa verdadera debe ser verdadero". Los recuerdos tienen una autoevidencia que va disminuyendo conforme éstos se hacen más remotos o borrosos; las verdades de la lógica y las matemáticas tienen (hablando generalmente) menos autoevidencia conforme se tornan más complicadas. Los juicios de valor intrínseco ético o estético son aptos para tener alguna autoevidencia, pero no mucha.

Los grados de autoevidencia son importantes en la teoría del conocimiento, puesto que, si las proposiciones pueden tener (como es probable) algún grado de autoevidencia sin ser verdaderas, no será necesario abandonar toda conexión entre la autoevidencia y la verdad, sino simplemente decir que en donde haya un conflicto, la proposición más autoevidente es la que se mantendrá y a la menos autoevidente se le desechará.

Parece, no obstante, muy probable que dos nociones diferentes estén combinadas en la "autoevidencia" como se explicó arriba; que una de ellas, que corresponde al más alto grado de autoevidencia, es realmente una garantía infalible de verdad, mientras que la otra, que corresponde a los grados inferiores, no ofrece una garantía infalible, sino tan sólo una presunción de infalibilidad mayor o menor. Esto, sin embargo, es sólo una sugerencia, que por el momento no podemos seguir desarrollando. Después de que hayamos tratado con la naturaleza de la verdad, regresaremos a la materia de la autoevidencia en relación con la diferencia entre el conocimiento y el error.

Capítulo XII

Verdad y falsedad

Nuestro conocimiento de las verdades, distinto a nuestro conocimiento de las cosas, tiene un opuesto, a saber, el error. Con respecto a como se han considerado las cosas, podríamos conocerlas o no conocerlas, pero no hay un estado mental positivo que pueda ser descrito como conocimiento erróneo de las cosas, en tanto, en cualquier caso, nos limitemos al conocimiento directo. Debe ser algo de lo que sea tengamos conocimiento directo; podremos sacar erróneas inferencias de nuestro conocimiento directo, pero este conocimiento no puede ser engañoso. De este modo, no hay dualidad con respecto al conocimiento directo. Pero con respecto al conocimiento de las verdades, sí que hay dualidad. Podemos creer sobre lo que es falso como también sobre lo que es verdadero. Sabemos que sobre muchas materias distintas personas mantienen diferentes e incompatibles opiniones: por lo tanto, algunas creencias deben ser erróneas. Ya que las creencias erróneas son a menudo defendidas tan firmemente como las verdaderas, se convierte en una pregunta difícil de contestar el cómo pueden ser las creencias erróneas distinguidas de las creencias verdaderas. ¿Cómo podemos saber, en un caso dado, que nuestra creencia no es errónea? Esta es una pregunta que implica la más grande de las dificultades, de la cual no es posible obtener una respuesta satisfactoria. Hay, sin embargo, una pregunta preliminar que es mucho menos difícil, y ésta es: ¿Qué queremos decir por verdad y falsedad? Es esta pregunta preliminar la que será considerada en el presente capítulo.

En este capítulo no se preguntará cómo sabemos si una creencia es verdadera o falsa: preguntaremos qué se quiere decir con la pregunta sobre si una creencia es verdadera o falsa. Se tendrá la esperanza de que una respuesta clara a esta pregunta pueda ayudarnos a obtener una respuesta a la pregunta sobre qué creencias son verdaderas, mas por el momento sólo preguntaremos "¿Qué es la verdad? y ¿Qué es falsedad?, y no "¿Cuáles creencias son verdaderas? y ¿Cuáles creencias son falsas? Es muy importante mantener cada tipo de preguntas totalmente separadas, ya que cualquier confusión entre ellas con seguridad producirá una respuesta que no sea realmente aplicable a ambas.

Hay que observar tres puntos en el intento por descubrir la naturaleza de la verdad, tres requisitos que cualquier teoría debe satisfacer.

(I) Nuestra teoría de la verdad debe ser tal que admita su opuesto, la falsedad. Varios filósofos han fallado en satisfacer adecuadamente esta condición: han construido teorías de acuerdo al supuesto de que todo nuestro pensamiento debe ser verdadero, y después se han encontrado con la enorme dificultad de hallar un lugar para lo falso. Con respecto a esto, nuestra teoría de la creencia debe diferir de nuestra teoría del conocimiento directo, porque en el caso del conocimiento directo no fue necesario tomar en cuenta ningún opuesto.

(II) Parece ser justamente evidente que si no hubiera creencias no tendría cabida la falsedad, como tampoco tendría cabida la verdad, en el sentido en que la verdad es correlativa a la falsedad. Si imaginamos un mundo compuesto sólo de materia, no habría lugar para la falsedad en ese mundo, y a pesar que contendría lo que podríamos llamar "hechos", no contendría ninguna verdad, en el sentido en que las verdades son cosas del mismo tipo que las falsedades. De hecho, la verdad y la falsedad son propiedades de las creencias y de los enunciados: por eso un mundo formado sólo de materia, como no contendría creencias ni enunciados, tampoco contendría verdades o falsedades.

(III) Mas, en contra de lo que apenas acabamos de decir, se tiene que observar que la verdad o la falsedad de una creencia siempre depende de algo que reside fuera de la creencia en sí. Si creo que Carlos I murió en el cadalso, creo con verdad, que puede ser descubierta por medio del examen de la creencia, porque esto ocurrió en un evento histórico dos siglos y medio atrás. Si en cambio creo que Carlos I murió en su cama, creo con falsedad: ningún grado de intensidad en mi creencia, o de cuidado en llegar a ella, la previene de ser falsa, de nuevo por los hechos que pasaron hace ya mucho tiempo, y no en cambio por una propiedad intrínseca de mi creencia. Por lo tanto, a pesar que la verdad y la falsedad son propiedades de las creencias, hay propiedades que dependen de las relaciones de las creencias con otras cosas, y no de una cualidad interna de las creencias.

El último de los requisitos arriba mencionados nos conduce a adoptar el punto de vista — que ha sido por completo el más común entre los filósofos — que la verdad consiste en alguna forma de correlación entre la creencia y el hecho. Es, sin embargo, difícil la materia de descubrir una forma de correlación sobre la que no haya objeciones irrefutables. Por esto parcialmente — y parcialmente por el sentimiento que, si la verdad consiste en una correlación del pensamiento con algo fuera de éste, el pensamiento nunca se percatará cuando la verdad haya sido alcanzada — muchos filósofos han sido guiados a intentar encontrar alguna definición de la verdad que no consista en la relación con algo totalmente fuera de la creencia. El intento más importante para llegar a una definición de este tipo ha sido la teoría de que la verdad debe ser coherente. Se ha dicho que el signo de la falsedad es su fracaso para ser coherente con el cuerpo de nuestras creencias, y que la esencia de la verdad consiste en su cupo dentro del sistema completamente redondeado que es la Verdad.

Hay, no obstante, una gran dificultad en este punto de vista, o más bien dos grandes dificultades. La primera es que no hay razón para suponer que sólo es posible un cuerpo coherente de creencias. Podrá ser que, con suficiente imaginación, un novelista invente un pasado para el mundo que pueda ser perfectamente compatible con lo que sabemos, y aún ser muy distinto del verdadero pasado. En asuntos más científicos, es cierto que hay a menudo dos o más hipótesis que toman en cuenta todos los hechos conocidos sobre una materia y, sin embargo, en tales casos, los hombres de ciencia procuran encontrar hechos que desechen todas las hipótesis excepto una, no hay razón para creer que siempre deban tener éxito.

En la filosofía, de nuevo, parece ser muy común que dos hipótesis rivales sean ambas capaces de tomar en cuenta todos los hechos. De este modo, por ejemplo, es posible que la vida sea un largo sueño, y que el mundo exterior tenga sólo ese grado de realidad que los objetos tienen en los sueños; mas aunque tal punto de vista no parece ser inconsistente con los hechos conocidos, no hay razón para preferirlo sobre el punto de vista del sentido común, que propone que las demás personas y objetos realmente existen. Así la coherencia como definición de la verdad fracasa, porque no hay prueba alguna que establezca que sólo puede haber un sistema coherente.

La otra objeción a esta definición de la verdad es que asume el significado conocido de "coherencia", en donde de hecho, "coherencia" presupone la verdad de las leyes de la lógica. Dos proposiciones son coherentes cuando ambas son verdaderas, y son incoherentes cuando al menos una es falsa. Ahora, para saber si las dos proposiciones son verdaderas, debemos saber tales verdades como la ley de la contradicción. Por ejemplo: las dos proposiciones "este árbol es una playa" y "este árbol no es una playa" no son coherentes, debido a la ley de la contradicción. Pero si la ley de la contradicción en sí estuviera sujeta a la prueba de la coherencia, encontraremos que, si suponemos que es falsa, nada podrá ser incoherente con nada. De este modo las leyes de la lógica proveen un esqueleto o marco dentro del cual la prueba de la coherencia se aplica, y ellas en sí mismas no pueden ser establecidas por medio de esta prueba.

Por ambas razones, la coherencia no puede ser aceptada como proveedora de significado a la verdad, aunque es a menudo una prueba para la verdad de la mayor importancia después de haber conocido una cierta cantidad de verdades.

Por consiguiente tenemos que regresar a la correlación con el hecho como constituyente de la naturaleza de la verdad. Sólo queda definir con precisión lo que queremos decir por "hecho", y cuál es la naturaleza de la correlación que debe subsistir entre la creencia y el hecho, para que la creencia pueda ser verdadera.

Considerando nuestros tres requisitos, debemos buscar una teoría de la verdad que (1) nos permita tener un opuesto, es decir, la falsedad, (2) haga de la verdad una propiedad de las creencias, pero (3) que haga a la propiedad totalmente dependiente de la relación de las creencias con las cosas externas.

La necesidad por permitir la falsedad hace imposible considerar la creencia como una relación mental hacia un solo objeto, el cual pudiera ser tomado como que es lo que se cree. Si consideramos de esta forma a la creencia encontraremos que, como en el conocimiento directo, no podría admitir la oposición que hay entre lo verdadero y lo falso, sino que tendría que ser siempre verdadera. Esto puede aclararse por medio de ejemplos. Otelo cree falsamente que Desdémona ama a Casio. No se puede decir que esta creencia consiste en una relación con un solo objeto, "Desdémona ama a Casio", porque si hubiera tal objeto, la creencia sería entonces verdadera. No hay en verdad tal objeto, y por eso Otelo no puede tener alguna relación con él. Por consiguiente su creencia no puede consistir en una relación con este objeto.

Pudiera decirse que su creencia es una relación con un objeto diferente, a saber "esa Desdémona ama a Casio"; pero es casi tan difícil suponer que hay un objeto como éste cuando Desdémona no ama a Casio, como se supondría que hay en "Desdémona ama a Casio". Por lo tanto, sería mejor encontrar una teoría de la creencia que no consista en la relación de la mente con un solo objeto.

Es común pensar las relaciones como si siempre se dieran entre dos términos, como de hecho no es siempre el caso. Algunas relaciones exigen tres términos, otras, cuatro, etcétera. Considere, por ejemplo, la relación "entre". Cuando sólo dos términos son tomados en cuenta, la relación "entre" es imposible: tres términos son el número mínimo que la hacen posible. York está entre Edimburgo y Londres; pero si Londres y Edimburgo fueran los únicos lugares en el planeta, no podría haber algún lugar que estuviera entre estas dos ciudades. De igual manera, los celos requieren de tres personas: no puede haber una relación que no involucre al menos a tres. Una proposición como "A quiere que B promueva el matrimonio de C con D" involucra una relación de cuatro términos; es decir, A, y B, y C, y D están todos involucrados, y dicha relación no puede ser expresada de otra forma que no involucre a los cuatro. Los ejemplos pueden ser multiplicados indefinidamente, mas se ha dicho suficiente para mostrar que hay relaciones que necesitan más de dos términos para que se puedan dar.

La relación que debe ser tomada al juzgar o al creer, si la falsedad es puntualmente admitida, es una relación de varios términos y no de nada más dos términos. Cuando Otelo cree que Desdémona ama a Casio, él no tiene frente a su mente un solo objeto, "Desdémona ama a Casio", o "esa Desdémona ama a Casio", porque para ello necesitaría que hubiera falsedades objetivas subsistentes de forma independiente a cualquier mente; y esto, a pesar de que no es refutable por medio de la lógica, es una teoría que debe ser en lo posible evitada. De este modo es más fácil considerar a la falsedad si tomamos al juicio como una relación en que la mente y los diversos objetos concernientes ocurren separadamente; es decir, Desdémona y ama y Casio deben ser todos términos en la relación que subsiste cuando Otelo cree que Desdémona ama a Casio. Esta relación, por lo tanto, es una relación de cuatro términos, ya que Otelo también es uno de los términos de la relación. Cuando decimos que esta es una relación de cuatro términos, no queremos decir que Otelo tiene una relación con Desdémona y que tiene la misma relación con ama y también con Casio. Esto podrá ser verdad en otra relación que no sea una creencia; pero la creencia, llanamente, no es una relación en la que Otelo tiene con cada uno de los tres términos concernientes, sino con todos en su conjunto: hemos dado un ejemplo de la relación en una creencia, pero este solo ejemplo enlaza cuatro términos. Así en este suceso, en el que Otelo experimenta su creencia, es en donde la relación llamada "creencia" está siendo enlazada en el todo complejo de cuatro términos: Otelo, Desdémona, ama, y Casio. Lo que se llama creencia o juicio no es otra cosa que esta relación de la creencia o juicio, que relaciona una mente con varias cosas diferentes a ella. El acto de creer o de juzgar es el suceso entre ciertos términos en un momento dado de la relación de creer o juzgar.

Ahora estamos en posición de entender que es lo que distingue un juicio verdadero de uno falso. Para este propósito hemos de adoptar ciertas definiciones. En todo acto de juzgar hay una mente que juzga y hay términos relacionados que son juzgados. Llamaremos a la mente el sujeto del juicio y a los demás términos, objetos. Así, cuando Otelo juzga que Desdémona ama a Casio, Otelo es el sujeto, mientras que los objetos son Desdémona, ama y Casio. Tanto el sujeto como los objetos son llamados los constituyentes del juicio. Se observará que la relación del juicio tiene lo que es llamado un "sentido" o "dirección". Podremos decir, metafóricamente, que pone sus objetos en un determinado orden, que podremos indicar por medio del orden que las palabras tienen en el enunciado. (En un lenguaje declinado, la misma cosa será indicada por declinaciones, por ejemplo, la diferencia entre nominativo y acusativo.) El juicio de Otelo en donde Casio ama a Desdémona difiere del juicio en donde Desdémona ama a Casio, a pesar del hecho que consiste de los mismos constituyentes, ya que la relación del juicio ordena los constituyentes en diferente disposición en los dos casos. De igual forma, si Casio juzga que Desdémona ama a Otelo, los constituyentes del juicio siguen siendo los mismos, mas su orden distinto. La propiedad del "sentido" o "dirección" es aquella en la que la relación del juicio comparte con las demás relaciones. El "sentido" de las relaciones es la fuente fundamental del orden, de las series, y el patrón de los conceptos matemáticos; pero no es necesario ahondar más en este tema.

Hablamos de la relación llamada "juzgar" o "creer" como una relación que enlaza en un todo complejo al sujeto y los objetos. En este aspecto, el juzgar es exactamente igual a cualquier otra relación. En cuanto se mantiene una relación entre dos o más términos, los unifica en un todo complejo. Si Otelo ama a Desdémona, tenemos un todo complejo como "el amor de Otelo por Desdémona". Los términos unidos por la relación pueden ser en sí complejos, o podrán ser simples, pero el todo que resulta por esa unión debe ser complejo. En donde haya una relación que conjugue ciertos términos, hay un objeto complejo formado por la unión de dichos términos; e inversamente, en donde haya un objeto complejo, hay una relación que relaciona a sus constituyentes. Cuando ocurre un acto de creer, hay un complejo, en donde "creer" es la relación unificadora, y el sujeto y los objetos son dispuestos en un cierto orden por el "sentido" de la relación del creer. Entre los objetos, como vimos en "Otelo cree que Desdémona ama a Casio", uno de ellos debe ser la relación — en este caso, la relación "ama". Pero esta relación, como ocurre en el acto de creer, no es la relación que crea la unidad del todo complejo consistente en el sujeto y los objetos. La relación "ama", como ocurre en el acto de creer, es uno de los objetos — es un tabique de la construcción, no el cemento. El cemento es la relación "cree". Cuando la creencia es verdadera, hay otra unidad compleja en donde la relación que fue uno de los objetos de la creencia se relaciona con otros objetos. Así, por ejemplo, si Otelo cree con verdad que Desdémona ama a Casio, entonces hay tal unidad compleja, "el amor de Desdémona por Casio", que está compuesta exclusivamente por los objetos de la creencia, y que tienen el mismo orden que en la creencia, con la relación en que uno de sus objetos actúa ahora como el cemento que mantiene juntos los otros objetos de la creencia. Por otro lado, cuando una creencia es falsa, no hay tal unidad compleja compuesta únicamente por los objetos de la creencia. Si Otelo cree falsamente que Desdémona ama a Casio, entonces no hay tal unidad compleja como "el amor de Desdémona por Casio".

De este modo una creencia es verdadera cuando corresponde a un complejo asociado, y falsa cuando no lo hace. Asumiendo, en nombre de la precisión, que los objetos de la creencia son dos términos y una relación, y sus términos ordenados por el "sentido" de la creencia, luego los dos términos en ese orden son unidos por la relación en un complejo, la creencia es verdadera; si no es así, es falsa. Esto constituye la definición de la verdad y la falsedad que hemos estado buscando. El juzgar o el creer es una unidad compleja en donde la mente es uno de sus constituyentes; si los demás constituyentes, tomados en el orden que presentan en la creencia, forman una unidad compleja, entonces la creencia es verdadera; de lo contrario, es falsa.

Así, no obstante la verdad y la falsedad son propiedades de las creencias, aunque son en un sentido propiedades extrínsecas, por la condición de la verdad de una creencia es algo que no involucra creencias, o (en general) ninguna mente, mas sólo los objetos de la creencia. Una mente que cree, cree con verdad cuando hay un complejo correspondiente que no involucre a la misma mente, sino tan sólo a sus objetos. Esta correspondencia asegura la verdad, y su ausencia trae consigo la falsedad. Por eso consideraremos simultáneamente para los dos hechos de las creencias que (a) dependen de las mentes para su existencia, (b) no dependen de las mentes para su verdad.

Podemos establecer nuestra teoría como sigue: Si tomamos tal creencia como "Otelo cree que Desdémona ama a Casio", llamaremos a Desdémona y a Casio como los términos-objetivos, y a ama la relación-objetiva. Si hay una unidad compleja como "el amor de Desdémona por Casio", consistente en los términos-objetivos relacionados por la relación objetiva con el mismo orden que tienen en la creencia, entonces esta unidad compleja es llamada el hecho correspondiente a la creencia. Por eso una creencia es verdadera cuando hay un hecho que le corresponda, y falsa cuando no hay tal hecho correspondiente.

Se verá que las mentes no crean la verdad o la falsedad. Ellas crean creencias, pero una vez que las creencias han sido creadas, la mente no puede hacerlas verdaderas o falsas, excepto en el caso especial en donde interesan a cosas futuras que están dentro del control de la persona que cree, como las de tomar un tren. Lo que hace verdadera a una creencia es un hecho, y este hecho no involucra (excepto en casos excepcionales) la mente de la persona que tiene la creencia.

Habiendo ya decidido lo que queremos decir por verdad y falsedad, debemos ahora considerar qué caminos hay para saber si tal o tal creencia es verdadera o falsa. Esta consideración nos ocupará en el siguiente capítulo.

Capítulo XIII

Conocimiento, error y opinión probable

La pregunta sobre lo que queremos decir por verdad y falsedad, que consideramos en el capítulo precedente, es mucho menos interesante que la pregunta sobre el cómo podemos saber qué es verdadero y qué es falso. Esta pregunta nos ocupará en este capítulo. No hay duda que algunas de nuestras creencias son erróneas; de esta manera nos vemos forzados a preguntar qué tanta certeza podemos realmente tener de que tales y tales creencias no son erróneas. En otras palabras, ¿podemos realmente conocer algo del todo, o simplemente creemos lo que es verdadero por pura suerte? Antes que abordemos esta pregunta, debemos sin embargo decidir qué significado le damos a la palabra "conocer", y esta pregunta no es tan fácil como normalmente se supone.

A primera vista podemos imaginar que el conocimiento puede definirse como una "creencia verdadera". Cuando lo que creemos es verdadero, se puede suponer que hemos logrado un conocimiento sobre lo que creemos.

Pero esto no está de acuerdo con la forma en que usamos comúnmente esta palabra. Tomando un ejemplo trivial: Si un hombre cree que el apellido del último Primer Ministro empieza con la letra B, cree con verdad, ya que el último Primer Ministro se llama Sir Henry Campbell Bannerman. Mas si cree que el Sr. Balfour es el último Primer Ministro, de todas maneras creerá que el apellido del Primer Ministro empieza con la letra B, aunque su creencia, a pesar de ser verdadera, no podría ser pensada como constituyente de un conocimiento. Si un diario, por medio de la anticipación inteligente, anuncia el resultado de una batalla antes que se haya recibido cualquier telegrama informando sobre su resultado, sería por causa de la buena suerte anunciar el resultado correcto, y podría producir una creencia en algunos de sus lectores menos experimentados. Mas a pesar de la verdad de su creencia, no podrán decir que adquirieron un conocimiento. Así se hace claro que la creencia verdadera no es conocimiento cuando es deducida de una creencia falsa.

De la misma forma, una creencia verdadera no puede ser llamada conocimiento cuando es deducida por medio de un proceso de razonamiento falaz, inclusive si las premisas a partir de las cuales es deducida son verdaderas. Si sé que todos los griegos son hombres y que Sócrates fue un hombre, y yo infiero que Sócrates fue griego, no se me puede decir que conozco que Sócrates fue un griego, porque, a pesar de que mis premisas y mi conclusión son verdaderas, la conclusión no se sigue de las premisas.

Pero, ¿podemos decir que nada es conocimiento excepto lo que es deducido con validez a partir de premisas verdaderas? Obviamente no podemos decir esto. Tal definición es al mismo tiempo demasiado vaga y demasiado limitada. En primer lugar, es demasiado vaga, porque no es suficiente que nuestras premisas deban ser verdaderas, deben ser también conocidas. El hombre que cree que el Sr. Balfour es el último Primer Ministro podrá proceder al planteamiento de deducciones válidas a partir de la premisa verdadera de que el apellido del último Primer Ministro empieza con la letra B, pero no se podrá decir que conozca las conclusiones alcanzadas por esas deducciones. Esto, no obstante, es una definición circular: asume que ya sabemos lo que significa "premisas conocidas". Puede, entonces, a lo más definir un tipo de conocimiento, el tipo que llamamos derivativo, como opuesto al conocimiento intuitivo. Podemos decir: "El conocimiento derivativo es lo que es válidamente deducido a partir de las premisas conocidas intuitivamente". En este enunciado no hay un defecto formal, pero deja al conocimiento intuitivo sin respuesta.

Dejando por el momento a un lado la cuestión sobre el conocimiento intuitivo, permítasenos considerar la definición arriba sugerida sobre el conocimiento derivativo. La principal objeción a ella es que impuntualmente limita el conocimiento. Sucede constantemente que las personas mantienen una creencia verdadera que se ha desarrollado en ellas, debido a una parte de conocimiento intuitivo a partir del cual se puede inferir con validez, pero del que, de hecho, no ha sido inferido a través de un proceso lógico.

Tome, por ejemplo, las creencias producidas por la lectura. Si los diarios anuncian la muerte del Rey, tenemos bastante justificación para creer que el Rey ha muerto, ya que no es el tipo de noticia que sería publicada si no fuera cierta. Y estamos ampliamente justificados en creer que lo que afirma el periódico es que el Rey ha muerto. Mas aquí nuestro conocimiento intuitivo sobre el que se basa nuestra creencia es el conocimiento de la existencia de las informaciones sensoriales derivadas de ver las letras impresas que dan la noticia. Este conocimiento raramente alcanza a nuestra conciencia, excepto en una persona que lea con dificultad. Un niño puede estar consciente de las formas de las letras y de aquí pasar en forma gradual y hasta penosa al entendimiento de su significado. Pero cualquier otro que esté acostumbrado a leer pasa enseguida al significado de las letras, y no está consciente, excepto a través de la reflexión, que se ha derivado del conocimiento de las informaciones sensoriales llamado ver las letras impresas. Así, a pesar de que es posible la inferencia válida de las letras a su significado, y que podría ser hecha por un lector, no es de facto hecha, ya que el lector no efectúa de hecho alguna operación que pueda ser llamada una inferencia lógica. Aunque sería absurdo decir que el lector no conoce que el diario anuncia la muerte del Rey.

Debemos, por lo tanto, admitir como conocimiento derivativo cualquier resultado del conocimiento intuitivo inclusive por mera asociación, asumiendo que hay una conexión lógica válida, y que la persona en cuestión puede hacerse consciente de esta conexión por medio de la reflexión. Hay en sí muchas formas, además de la inferencia lógica, por medio de las cuales pasamos de una creencia a otra: el tránsito de la impresión a su significado ilustra estas formas. Estas formas pueden ser llamadas "inferencias psicológicas". Debemos, entonces, admitir la inferencia psicológica como medio para la obtención de conocimiento derivativo, asumiendo que hay una inferencia lógica descubrible que corre en paralelo con la inferencia psicológica. Esto hace nuestra definición del conocimiento derivativo menos precisa de lo que quisiéramos, ya que la palabra "descubrible" es vaga: no nos dice cuánta reflexión es necesaria para llegar al descubrimiento. Mas de hecho "conocimiento" no es un concepto preciso: se convierte en "opinión probable", como veremos con mayor amplitud en el presente capítulo. Una definición muy precisa, por lo tanto, no debe ser buscada, ya que tal definición debe ser más o menos engañosa.

La mayor dificultad con respecto al conocimiento, no obstante, no emerge del conocimiento derivativo, sino del conocimiento intuitivo. En tanto tratemos con el conocimiento derivativo, tenemos la prueba del conocimiento intuitivo para sustentarla. Pero con respecto a los conocimientos intuitivos, no es fácil descubrir algún criterio por el cual distinguir algunos como verdaderos y a otros como falsos. En esta cuestión es raramente posible alcanzar un resultado preciso: todo nuestro conocimiento de las verdades está infectado con algún grado de duda, y una teoría que ignore este hecho sería llanamente errónea. Algo se puede hacer, sin embargo, para mitigar las dificultades de esta cuestión.

Nuestra teoría de la verdad, para empezar, provee la posibilidad de distinguir ciertas verdades como autoevidentes en un sentido que asegure la infalibilidad. Cuando una creencia es verdadera, dijimos, hay un hecho correspondiente, en el que varios objetos de la creencia forman un solo complejo. De esta creencia se dice que constituye el conocimiento de este hecho, asumiendo que cumple esas condiciones más o menos vagas que hemos visto en el presente capítulo. Pero con respecto a cualquier hecho, aparte del conocimiento constituido por la creencia, podemos tener el tipo de conocimiento constituido por la percepción (tomando esta palabra con su significado más amplio posible). Por ejemplo, si sabe a qué hora va a anochecer, usted puede saber que a esa hora el sol se pondrá: este es el conocimiento del hecho por medio del conocimiento de las verdades; pero usted puede también ver al oeste, si el estado del tiempo se lo permite, y ver en efecto que el sol se está poniendo: usted entonces conoce el mismo hecho a través del conocimiento de las cosas.

De este modo, con respecto a cualquier hecho complejo, hay teóricamente dos formas por medio de las que puede ser conocido: (1) por medio de un juicio, dentro del que se juzgan para ser relacionadas varias partes para ver si de hecho están relacionadas; (2) por medio del conocimiento directo con el hecho complejo en sí mismo, que pueden (en el significado más laxo) ser llamadas como percepción, a pesar que no se limitan a los objetos de los sentidos. Ahora se observará que la segunda forma de conocimiento de un hecho complejo, la del conocimiento directo, es sólo posible cuando sucede en efecto tal hecho, mientras que la primera manera, como todo juicio, tiene la posibilidad de ser errónea. La segunda forma nos da un todo complejo y es por lo tanto sólo posible cuando sus partes tienen en efecto esa relación que las combina para formar dicho complejo. La primera forma, por el contrario, nos da partes y la relación separadamente, y demanda sólo la realidad de las partes y la relación: la relación puede no relacionarse con aquellas partes de esa forma, y sin embargo el juicio puede llevarse a cabo.

Se recordará que al final del Capítulo XI sugerimos que podría haber dos tipos de autoevidencia, uno dando una garantía absoluta de verdad, el otro sólo una garantía parcial. Estas dos partes pueden ser ahora distinguidas.

Se puede decir que una verdad es autoevidente, en el primer y más absoluto sentido, cuando tenemos conocimiento directo del hecho que corresponde a la verdad. Cuando Otelo cree que Desdémona ama a Casio, el hecho correspondiente, si su creencia es verdadera, sería el de "el amor de Desdémona por Casio". Este sería un hecho con el que nadie puede tener conocimiento directo excepto Desdémona; por eso en el sentido de autoevidencia que estamos considerando, la verdad sobre el amor de Desdémona a Casio (si fuera verdad) podría sólo ser autoevidente para Desdémona. Todos los hechos mentales, y todos los hechos concernientes a las informaciones sensoriales, tienen la misma privacidad: sólo hay una persona para la cual son autoevidentes en el sentido presente, ya que sólo hay una persona que puede tener conocimiento directo de las cosas mentales o de las informaciones sensoriales correspondientes. Así ningún hecho sobre una cosa existente en particular puede ser autoevidente para más personas. Por otro lado, los hechos sobre los universales no tienen esta privacidad. Muchas mentes pueden tener conocimiento directo de los mismos universales; por lo tanto una relación entre universales puede ser conocida directamente por varias personas. En todos los casos en donde conocemos directamente un hecho complejo consistente de ciertos términos en una cierta relación, decimos que la verdad que tienen estos términos así relacionados es del tipo primero y absoluto de autoevidencia, y que en estos casos el juicio en donde los términos así están relacionados debe ser verdadero. De este modo este tipo de autoevidencia es una garantía absoluta de verdad.

Mas a pesar que este tipo de autoevidencia es una garantía absoluta de verdad, no nos permite tener absoluta certeza, en el caso de cualquier juicio dado, que el juicio en cuestión sea verdadero. Suponga que primero percibimos que el sol brilla, que es un hecho complejo, y luego procedemos a hacer el juicio "el sol está brillando". En el paso de la percepción al juicio es necesario analizar el hecho complejo dado: tenemos que separar "el sol" y "brilla" como constituyentes del hecho. Durante el proceso, es posible cometer un error; de aquí que inclusive en donde un hecho es del tipo de autoevidencia primero y absoluto, un juicio creído como correspondiente al hecho no es absolutamente infalible, porque podría no corresponder al hecho. Pero si corresponde (en el sentido explicado en el capítulo anterior), entonces debe ser verdadero.

El segundo tipo de autoevidencia es el que pertenece a los juicios del primer ejemplo, y no es derivado de la percepción directa del hecho como un solo todo complejo. Este segundo tipo de autoevidencia tiene grados, desde el más alto hasta la más tímida inclinación a favor de la creencia. Tome, por ejemplo, el caso de un caballo alejándose de nosotros trotando a través de un camino duro. Al principio nuestra certeza de estar oyendo los cascos es total; gradualmente, si escuchamos atentamente, llega un momento cuando pensamos que tal vez fue nuestra imaginación, o nuestro ignorado subir de las escaleras, o el palpitar de nuestro corazón; al final quedamos dudosos sobre si hubo ruido alguno; entonces pensamos que no oímos más nada y al final sabemos que no oímos más nada. En este proceso, hay una continua gradación de autoevidencia, desde la más alta hasta la menor, no de las informaciones sensoriales en sí, pero en los juicios que se basaron en ellas.

O de nuevo: Suponga que comparamos dos tonos de color, uno azul otro verde. Podemos estar bastante seguros que ellos son dos tonos distintos de color; pero si el color verde es gradualmente alterado para parecerse más y más al azul, convirtiéndose primero en un azul verdoso, después en un verde azuloso, y después en azul, llegará el momento en que tendremos la duda sobre si podemos notar cualquier diferencia, y después otro momento en que sabemos que no podemos notar diferencia alguna. Lo mismo pasa cuando afinamos un instrumento musical, o en cualquier otro caso en donde haya una gradación continua. Por eso la autoevidencia de este tipo es cuestión de gradación; y parece estar claro que los grados mayores son más confiables que los menores.

En el conocimiento derivativo, nuestras más básicas premisas deben tener algún grado de autoevidencia, y así debe ser su conexión con las conclusiones deducidas de ellas. Tome por ejemplo una parte del razonamiento en la geometría. No es suficiente que los axiomas con los que empezamos deban ser autoevidentes: es necesario también que, en cada paso del razonamiento, la conexión con la premisa y la conclusión sea autoevidente. En el razonamiento complejo, esta conexión tiene sólo un grado muy bajo de autoevidencia; por eso los errores de razonamiento no son improbables en donde el grado de dificultad es alto.

De lo que se ha dicho es evidente que, tanto con respecto al conocimiento intuitivo como en el conocimiento derivativo, si asumimos que el conocimiento intuitivo es confiable en proporción al grado de su autoevidencia, habrá entonces una gradación de confiabilidad, desde la existencia de notables informaciones sensoriales y las verdades más simples de la lógica y la aritmética, que pueden ser consideradas como muy certeras, hasta los juicios que parecen ser tan sólo más probables que sus opuestos. Lo que creemos firmemente, si es verdadero, es llamado conocimiento, asumiendo que es ya sea intuitivo o inferido (lógica o psicológicamente) del conocimiento intuitivo del cual continua lógicamente. Lo que creemos firmemente, si no es verdad, es llamado error. Lo que creemos firmemente, si no es ni conocimiento ni error, y también sobre lo que creemos irresolutamente, porque es, o es derivado de, algo que no tiene el más alto grado de autoevidencia, puede ser llamado opinión probable. Así la mayor parte de lo que nosotros podríamos comúnmente pasar por conocimiento es más o menos una opinión probable.

Con respecto a la opinión probable, podemos obtener una gran asistencia de la coherencia, que desechamos como definición de la verdad, pero que puede ser a menudo usada como criterio. Un cuerpo de opiniones probables individuales, si son mutuamente coherentes, se hacen más probables que cualquiera de ellas en forma individual. Es de esta manera en que muchas hipótesis científicas adquieren su probabilidad. Ellas encajan en un sistema coherente de opiniones probables, y así se convierten en más probables que si estuvieran aisladas. Lo mismo aplica a las hipótesis filosóficas generales. A menudo un caso aislado de tales hipótesis puede parecer bastante dudoso, mientras que, cuando consideramos el orden y coherencia que introducen en un cuerpo de opinión probable, se convierten en casi certeros. Esto se aplica, en particular, a tales asuntos como la distinción entre los sueños y la vigilia. Si nuestros sueños, noche tras noche, fueran tan coherentes como cualquiera de nuestros días de vigilia, nos sería difícil saber si debemos creer en nuestros sueños o nuestra vigilia. Hasta ahora, la prueba de la coherencia condena los sueños y confirma la vigilia. Pero esta prueba, a pesar que incrementa la probabilidad en donde es exitosa, nunca nos da una certeza absoluta, a menos que ya haya certeza hasta cierto punto en un sistema coherente. De este modo la simple organización de la opinión probable nunca la transformará, por sí misma, en conocimiento indubitable.

Capítulo XIV

Los límites del conocimiento filosófico

De todo lo que se ha dicho hasta ahora con respecto a la filosofía hemos apenas tratado aquellos asuntos que ocupan un gran espacio en los textos de la mayoría de los filósofos. Una gran parte de los filósofos — o, de cualquier modo, muchos de ellos — profesan que pueden probar, por medio de un razonamiento metafísico a priori, tales cosas como los dogmas fundamentales de la religión, la racionalidad esencial del universo, lo ilusorio de la materia, la irrealidad del mal, y más cosas como las anteriores. No hay duda que la esperanza de encontrar la razón para creer en tesis como estas ha sido la mayor inspiración para los estudiantes de filosofía de gran aliento. Esta esperanza, creo yo, es vana. Parece ser que el conocimiento concerniente al universo como un todo no se puede obtener por medio de la metafísica, y que las pruebas propuestas que, en virtud de las leyes de la lógica tales y tales cosas deben existir, y que tales y tales no existen, no son capaces de sobrevivir al escrutinio de la crítica. En este capítulo debemos brevemente considerar el tipo de forma en que tal razonamiento se intenta, con un punto de vista que descubra si podemos tener la esperanza de que éste sea válido.

El mayor representante, en los tiempos modernos, de este tipo de punto de vista que deseamos examinar, fue Hegel (1770 - 1831). La filosofía de Hegel es muy complicada y sus comentadores difieren con respecto a la verdadera interpretación de ella. La interpretación que adoptaré, que es la de la muchos, sino de la mayoría de los comentadores, y que tiene el mérito de ofrecer un interesante e importante tipo de filosofía, tiene como tesis principal que lo demás que no sea el Todo es obviamente fragmentario y obviamente incapaz de existir sin el complemento provisto por el resto del mundo. Tal como hace un anatomista comparativo, que de un solo hueso puede ver el tipo de animal que debió ser como un todo, así el metafísico, según Hegel, ve, de cualquier fragmento de la realidad, lo que la realidad entera debe ser — al menos a grandes rasgos. Cada pieza aparentemente separada de la realidad tiene, metafóricamente, ganchos que se agarran a la siguiente pieza; la siguiente pieza, también, tiene nuevos ganchos, y así continua hasta que todo el universo es reconstruido. Este estado incompleto esencial aparece, de acuerdo con Hegel, igualmente en el mundo del pensamiento como en el mundo de las cosas. En el mundo del pensamiento, si tomamos cualquier idea que sea abstracta o incompleta, encontramos, por medio del examen, que si olvidamos su estado incompleto nos vemos envueltos en contradicciones; estas contradicciones giran la idea en cuestión hacia su opuesto o antítesis; y para escapar de ello, tenemos que encontrar una nueva y menos incompleta idea, que es la síntesis de nuestra idea original y su antítesis. Esta nueva idea, a pesar de ser menos incompleta que la original, será descubierta, de todas formas, como no totalmente completa, para pasar a su antítesis, que otra vez debemos combinar para encontrar una nueva síntesis. De esta forma Hegel avanza hasta que llega a la "Idea Absoluta", que, de acuerdo con él, no es incompleta, no tiene opuesto y no requiere de mayor desarrollo. La Idea Absoluta, por lo tanto, es adecuada para describir la Realidad Absoluta; mas todas las ideas menores sólo describen la realidad como aparece a la visión parcial, no como una que simultáneamente informa al Todo. De esta forma Hegel llega a la conclusión que la Realidad Absoluta forma un sistema armonioso, no en el espacio o en el tiempo, no en algún grado malo, totalmente racional y totalmente espiritual. Cualquier apariencia de lo contrario, en el mundo que conocemos, puede ser probada lógicamente — así lo cree él — de ser enteramente debida a nuestra fragmentaria visión del universo. Si viéramos todo el universo, como se podría suponer que Dios lo ve, el espacio, y el tiempo, y la materia, y el mal, y toda la lucha, y todo el conflicto desaparecerían, y veríamos en cambio una unidad espiritual, perfecta, imperturbable y eterna.

En este concepto hay algo sin duda sublime, algo a lo que desearíamos otorgar nuestro consentimiento. No obstante, cuando examinamos cuidadosamente los argumentos que soportan este concepto, encontramos que involucran una gran cantidad de confusiones y muchas suposiciones sin garantía. El dogma fundamental sobre el que este sistema está construido es que lo que está incompleto no puede ser autosustentable, sino que necesita del soporte de otras cosas anteriores para que pueda existir. La naturaleza de un hombre, por ejemplo, está constituida por sus memorias y el resto de sus conocimientos, por sus amores y sus odios, etcétera; de este modo, sólo podría ser lo que es más que por los objetos que conoce o ama u odia. Él es esencialmente y obviamente un fragmento: tomado como la suma total de la realidad él sería autocontradictorio.

Todo este punto de vista, sin embargo, vuelve sobre la noción de la "naturaleza" de un objeto, lo cual parece significar "todas las verdades sobre el objeto". Es, por supuesto, el caso que una verdad que conecta a un objeto con otro no podría subsistir si el otro objeto no subsistiera. Pero la verdad sobre un objeto no forma parte del objeto, aunque debería, de acuerdo con el uso que se le da arriba, ser parte de la "naturaleza" del objeto. Si lo que queremos decir por "naturaleza" del objeto son todas las verdades sobre ese objeto, entonces simplemente no podríamos conocer la "naturaleza" del objeto, a menos que conozcamos todas las relaciones del objeto con las demás cosas del universo. Mas si la palabra "naturaleza" es usada con este significado, deberíamos sostener que el objeto puede conocerse cuando su "naturaleza" no nos es conocida, o al menos no completamente conocida. Existe una confusión, cuando se emplea este significado de la palabra "naturaleza", entre el conocimiento de las cosas y el conocimiento de las verdades. Podemos conocer un objeto a través del conocimiento directo inclusive si tan sólo conocemos pocas proposiciones con respecto al mismo — teóricamente no necesitamos conocer proposición alguna con respecto al objeto. De esta forma, el conocimiento directo de un objeto no involucra el conocimiento de su "naturaleza" con el significado que se emplea arriba. Y a pesar que el conocimiento directo de una cosa involucra nuestro conocimiento de cualquier proposición sobre esa cosa, el conocimiento de su "naturaleza", con el significado anteriormente utilizado, no está involucrado. Por consiguiente, (1) el conocimiento directo de un objeto no involucra lógicamente un conocimiento de sus relaciones, y (2) un conocimiento de algunas de sus relaciones no involucra el conocimiento de todas sus relaciones ni el conocimiento de su "naturaleza" en el sentido arriba mencionado. Puedo conocer directamente, por ejemplo, mi dolor de muelas, y este conocimiento puede ser tan completo como el conocimiento directo puede ser, sin necesidad de conocer todo lo que el dentista (que no tiene conocimiento de mi dolor de muelas) pueda decir sobre su causa, y sin por lo tanto conocer su "naturaleza" en el sentido empleado con anterioridad. Entonces el hecho de que una cosa tenga relaciones no prueba que tales relaciones sean lógicamente necesarias. Lo que quiere decir, desde el mero hecho que el objeto es lo que es, no podemos deducir que debe tener diversas relaciones como de hecho tiene. Esto parece suceder porque lo sabemos de antemano.

Se sigue que no podemos probar que el universo como un todo forma un sistema armonioso como Hegel cree. Y si no podemos probar esto, tampoco podemos probar la irrealidad del espacio, y del tiempo, y de la materia, y del mal, ya que esto es deducido por Hegel a partir del carácter fragmentario y correlacionado de estas cosas. De este modo se nos abandona en una fragmentaria investigación del mundo, y no nos permite conocer el carácter de aquellas partes del universo que están lejos de nuestra experiencia. Este resultado, frustrante para aquellos cuyas esperanzas han sido puestas en los sistemas filosóficos, está en armonía con el temperamento inductivo y científico de nuestra era, y ha nacido por el examen completo del conocimiento humano que nos ha ocupado en los capítulos anteriores.

La gran mayoría de los más grandes y ambiciosos intentos de los metafísicos provienen de la intención para probar que tales y tales características del mundo actual son autocontradictorias, y por lo tanto irreales. Toda la tendencia del pensamiento moderno, sin embargo, se dirige cada vez más a mostrar que las supuestas contradicciones son ilusorias, y que muy poco puede ser probado a priori desde consideraciones de lo que debe ser. Un buen ejemplo de esto es el que nos ofrece el espacio y el tiempo. El espacio y el tiempo parecen tener una extensión infinita, e igualmente pueden ser divididos infinitamente. Si viajamos a lo largo de una línea recta en cualquier dirección se nos hace difícil creer que lleguemos a un punto final después del cual no hay nada, ni siquiera espacio vacío. De igual forma, si en nuestra imaginación viajamos hacia el pasado o hacia el futuro, es también difícil creer que llegaremos o al principio de los tiempos o a su final, sin tener un tiempo vacío después de ellos. Entonces el espacio y el tiempo nos parecen infinitos en su extensión.

De nuevo, si tomamos dos puntos cualquier de una línea, parece evidente que debe haber otros puntos entre ellos, sin importar cuán mínima la distancia haya entre ellos: toda distancia puede ser partida, y las particiones también pueden ser partidas, y así ad infinitum. En el tiempo, igualmente, a pesar de cuán corto sea su lapso entre dos instantes, parece evidente que habrá otros instantes en ese pequeño lapso de tiempo. De esta forma parece ser que el espacio y el tiempo son infinitamente divisibles. Pero en contra de estos hechos aparentes — extensión infinita y divisibilidad infinita — los filósofos han desarrollado argumentos que tienden a mostrar que no puede haber un conjunto infinito de cosas, y que por lo tanto el número de puntos en el espacio, o de instantes en el tiempo, deben ser finitos. Así emergió una contradicción entre la naturaleza aparente del espacio y del tiempo y la supuesta inviabilidad de los conjuntos infinitos.

Kant, quien subrayó está contradicción, dedujo la imposibilidad del espacio y del tiempo, que declaró como meramente subjetivos; y desde su tiempo muchos filósofos han creído que el espacio y el tiempo son sólo apariencias y no características del mundo como realmente es. Ahora, sin embargo, debido a las labores de los matemáticos, notablemente de Georg Cantor, se ha mostrado que la imposibilidad de los conjuntos infinitos es un error. No son de hecho autocontradictorios, sino tan sólo contradictorios para aquellos obstinados prejuicios mentales. Por lo tanto las razones para considerar al espacio y al tiempo como irreales se han convertido en inoperantes, y una de las grandes fuentes para las construcciones metafísicas se ha secado.

Los matemáticos, no obstante, no se han contentado con mostrar que el espacio es como comúnmente se supone que es; han mostrado también que muchas otras formas de espacio son posibles, tan lejos como la lógica pueda mostrar. Algunos axiomas de Euclides, que aparentan ser necesarios al sentido común, y que fueron supuestos anteriormente como necesarios por los filósofos, son sabidos como derivaciones de su aparente necesidad de nuestra simple familiaridad con el espacio actual y no de cualquier fundación lógica a priori. Por medio de la imaginación de mundos distintos en donde estos axiomas son falsos, los matemáticos han usado la lógica para liberarse de los prejuicios del sentido común y mostrar la posibilidad de espacios que difieren — algunos más, otros menos — de aquél en que vivimos. Y algunos de estos espacios difieren tan poco del espacio euclidiano, en donde se contemplan las distancias como las que podemos medir, que es imposible descubrir por observación si nuestro espacio actual es estrictamente euclidiano o uno de estos diferentes tipos de espacios. Así la posición se ha revertido completamente. Con anterioridad parecía que la experiencia dejaba sólo un tipo de espacio a la lógica, y la lógica mostraba que este tipo de espacio era imposible. Ahora, la lógica presenta muchos tipos de espacios como posibles y alejados de la experiencia, y la experiencia sólo parcialmente decide entre ellos. De este modo, mientras que nuestro conocimiento de lo que es se ha convertido en algo menos de lo que se suponía anteriormente, nuestro conocimiento de lo que podríamos ser se ha incrementado enormemente. En vez de estar estrechamente encerrados entre paredes, de las cuales cada rincón y cada grieta podían ser explorados, nos encontramos en un mundo abierto a todas las posibilidades, en donde mucho permanece desconocido porque hay tanto que conocer.

Lo que sucede en el caso del espacio y del tiempo ha pasado, hasta cierto punto, en otros temas también. El intento para regular al universo por medio de principios a priori se ha roto; la lógica en vez de ser, como anteriormente, la tara de todas las posibilidades, se ha convertido en la gran liberadora de la imaginación, presentando innumerables alternativas que son ajenas al irreflexivo sentido común, dejando a la experiencia la tarea de decidir, en donde la decisión sea posible, entre los muchos mundos que la lógica ofrece como alternativas. De esta forma el conocimiento de lo que existe se limita a lo que podemos aprender de la experiencia — no a lo que de hecho experimentamos, porque, como hemos visto, hay mucho conocimiento por descripción que concierne a los objetos con los que no tenemos experiencia directa. Mas en todos los casos del conocimiento por descripción necesitamos alguna conexión con los universales, permitiéndonos, desde tal y tal dato, inferir un objeto de cierto tipo implicado por nuestro dato. Así con respecto a los objetos físicos, por ejemplo, el principio de que las informaciones sensoriales son signos de los objetos físicos es en sí misma una conexión con los universales; y es sólo en virtud de este principio que la experiencia nos permite adquirir conocimiento con respecto a los objetos físicos. Lo mismo aplica a la ley de la causalidad, o, para descender a lo menos general, a aquellos principios como los de la ley de la gravedad.

Tales principios como los de la ley de la gravedad son probados, o al menos tomados como muy probables, por una combinación de la experiencia con principios completamente a priori, tal como el principio de inducción. Entonces nuestro conocimiento intuitivo, que es la fuente de todo nuestro conocimiento de las verdades, es de dos tipos: conocimiento puramente empírico, que nos informa sobre la existencia y sobre algunas propiedades de las cosas particulares con las que tenemos conocimiento directo, y el conocimiento puramente a priori, que nos da las conexiones entre los universales, y nos permite hacer inferencias de los hechos particulares obtenidos del conocimiento empírico. Nuestro conocimiento derivado siempre depende sobre cierto conocimiento puramente a priori y usualmente depende sobre el conocimiento puramente empírico.

El conocimiento filosófico, si lo que hemos dicho es verdad, no difiere esencialmente del conocimiento científico; no hay una fuente especial de sabiduría que esté abierta a la filosofía mas no a la ciencia, y los resultados obtenidos por la filosofía no son radicalmente distintos a aquellos obtenidos por la ciencia. La característica esencial de la filosofía, que hace un estudio distinto de la ciencia es la crítica. Examina críticamente los principios empleados por la ciencia y por la vida diaria; busca cualquier inconsistencia que pueda haber en estos principios, y sólo las acepta cuando, como resultado de un examen crítico, no ninguna razón ha aparecido para desecharlas. Si, como muchos filósofos han creído, los principios que sustentan a las ciencias son capaces, cuando están separados del detalle irrelevante, de darnos el conocimiento con respecto al universo como un todo, tal conocimiento tendrá la misma importancia e nuestra creencia como la tiene el conocimiento científico; pero nuestra investigación no ha revelado un conocimiento tal, y por lo tanto, con respecto a las doctrinas especiales de los más relevantes metafísicos, ha tenido la mayoría de las veces un resultado negativo. Pero con respecto a lo que puede ser aceptado comúnmente como conocimiento, nuestro resultado es en su mayoría positivo: hemos rara vez encontrado una razón para desechar tal conocimiento como resultado de nuestra crítica, y no hemos visto una razón para suponer que el hombre es incapaz del tipo de conocimiento que es generalmente creído que posee.

Cuando, en cambio, hablamos de la filosofía como crítica del conocimiento, es necesario imponer ciertas limitaciones. Si adoptamos la actitud de un escéptico total, posicionándonos por completo fuera de todo conocimiento, y pidiendo, desde esta posición externa, a ser forzados a regresar al círculo del conocimiento, estamos demandando lo que es imposible, y nuestro escepticismo no podrá ser nunca refutado. Toda refutación debe empezar con algún conocimiento que las partes que discuten comparten; desde la duda total ninguna argumentación puede ser llevada a cabo. Por eso la crítica del conocimiento que emplea la filosofía no debe ser del tipo destructivo, si se quiere obtener algún resultado. En contra de este escepticismo absoluto ningún argumento lógico puede ser planteado. Mas no es difícil ver que este tipo de escepticismo no es razonable. La "duda metódica" de Descartes, con la que dio inicio la filosofía moderna, no es de este tipo, pero del tipo de crítica que estamos afirmando como la esencia de la filosofía. Su "duda metódica" consistió en dudar sobre lo que le parecía dudoso; deteniéndose con cada aparente pieza del conocimiento, para luego preguntarse, por medio de la reflexión, si pudiera estar seguro que realmente la conocía. Este es el tipo de crítica que constituye la filosofía. Algún conocimiento, tal como el conocimiento de la existencia de nuestras informaciones sensoriales, aparenta ser bastante indudable, cuando con calma y detalle reflexionamos sobre él. Con respecto a dicho conocimiento, la crítica filosófica no necesita que nos abstengamos de nuestras creencias. Pero hay creencias — como, por ejemplo, la creencia en que los objetos físicos son exactamente iguales a nuestras informaciones sensoriales — que son mantenido hasta que empezamos a reflexionar, mas que se desvanecen cuando las sujetamos a un estudio más estricto. A dichas creencias la filosofía nos pedirá que desechemos, a menos que se halle un nuevo argumento que las soporte. Pero desechar las creencias que no estén abiertas a objeción alguna, a pesar de que las examinemos detalladamente, no es razonable, y no es lo que la filosofía hace.

La crítica que se busca, en una palabra, no es la que, sin razón, se limita a refutar, mas la que considera cada parte del conocimiento aparente por sus méritos y retiene lo que aún aparenta ser conocimiento cuando su consideración se ha completado. Que algún riesgo de error persiste debe ser admitido, ya que los seres humanos somos falibles. La filosofía podrá demandar con justicia que minimiza el riesgo de error, y que en algunos casos minimiza el riesgo de tal forma hasta hacerlo prácticamente inexistente. Hacer más que esto es imposible en un mundo en donde los errores suelen ocurrir; y exigirle algo más a la filosofía no sería prudente.

Capítulo XV

El valor de la filosofía

Llegando ahora al final de nuestro breve e incompleto repaso sobre los problemas de la filosofía, estaría bien considerar, en conclusión, cuál es el valor de la filosofía y el por qué debe ser estudiada. Es muy necesario considerar esta cuestión en vista del hecho que muchos hombres, bajo la influencia de la ciencia o de los asuntos prácticos, se inclinan a dudar si la filosofía es algo mejor que inocentes mas inútiles fruslerías, distinciones banales y controversias sobre asuntos en donde el conocimiento es imposible.

Esta visión de la filosofía aparenta ser el resultado en parte de una concepción errónea de los fines de la vida, en parte por una concepción errónea del tipo de bienes que la filosofía se esfuerza por lograr. La ciencia física, por medio de sus inventos, es útil para innumerables personas que ignoran todo sobre ella; por eso el estudio de la ciencia física es recomendable, no sólo o principalmente, por su efecto en el estudiante, sino por su efecto en la humanidad. De esta forma, la utilidad no le pertenece a la filosofía. Si el estudio de la filosofía tiene algún valor para los que no sean estudiantes de filosofía, este valor será sólo indirecto, a través de los efectos que tenga sobre las vidas de aquellos que la estudien. Es en estos efectos, por lo tanto, si los hubiere, que el valor de la filosofía debe ser primero buscado.

Aún más, si no queremos fallar en nuestro intento para determinar el valor de la filosofía, deberemos primero liberar nuestras mentes de los prejuicios de los que erróneamente llamamos hombres "prácticos". El hombre "práctico", con el significado con que normalmente se utiliza para esta palabra, es el que sólo reconoce las necesidades materiales, el que entiende que los hombres deben tener alimento para el cuerpo, pero que descuida la necesidad del alimento para la mente. Si todos los hombres estuvieran desarrollados, si la pobreza y la enfermedad estuvieran reducidas al punto más bajo posible, aún habría mucho que hacer para producir una sociedad valiosa; e inclusive en el mundo actual los bienes para la mente son al menos tan importantes como los bienes para el cuerpo. Es exclusivamente entre los bienes para la mente en donde el valor de la filosofía será encontrado; y sólo aquellos que no sean indiferentes a estos bienes pueden ser persuadidos de que el estudio de la filosofía no es una pérdida de tiempo.

La filosofía, como cualquier otra materia, apunta principalmente al conocimiento. El conocimiento al que apunta es el tipo de conocimiento que unifica y sistematiza al cuerpo de las ciencias, y del tipo que resulta desde un examen crítico de las bases de nuestras convicciones, prejuicios y creencias. Mas no se puede sostener que la filosofía en cualquier medida haya tenido éxito en sus intentos para dar respuestas definitivas a sus preguntas. Si usted le pregunta a un matemático, a un geólogo, a un historiador, o a cualquier otro hombre de ciencia, qué cuerpo definitivo de verdades ha sido logrado por su ciencia, su respuesta será tan larga como usted esté dispuesto a escuchar. Pero si le hace la misma pregunta a un filósofo, él deberá, si es inocente, confesarle que su estudio no ha producido resultados positivos tal como han sido alcanzados por otras ciencias. Es verdad que debe ser tomado en cuenta el hecho que, tan pronto como un conocimiento definitivo con respecto a cualquier tema se hace posible, este sujeto cesa de ser llamado filosofía y se hace una ciencia en sí. El estudio del cosmos, que ahora le pertenece a la astronomía, fue alguna vez parte de la filosofía; la obra maestra de Newton se llamó "Los principios matemáticos de la filosofía natural". Igualmente, el estudio de la mente humana, que era parte de la filosofía, ha sido separada de la filosofía y se ha convertido en la ciencia de la psicología. De esta forma, en su mayoría, la incertidumbre filosófica es más aparente que real: aquellas preguntas que son capaces de ofrecer respuestas definitivas son consideradas ciencias, mientras que aquellas de las que, en el presente, no se tiene una respuesta definitiva permanecen en lo que llamamos filosofía.

Esto es, sin embargo, sólo una parte de la verdad con respecto a la incertidumbre de la filosofía. Hay muchas preguntas — y entre ellas las que son del más profundo interés para nuestra vida espiritual — que, tan lejos como podemos ver, deben permanecer sin solución al intelecto humano a menos que su potencial se convierta en algo totalmente distinto de lo que es ahora. ¿Tiene el universo algún plan unificador o propósito, o es tan sólo una fortuita interacción de sus átomos? ¿Es la conciencia una parte permanente del universo, dando esperanza al crecimiento indefinido de la sabiduría, o es sólo un accidente transitorio dado en un pequeño planeta en el que la vida algún día será imposible? ¿Son el bien y el mal de importancia para el universo o sólo para los hombres? Son estas preguntas las que se hace la filosofía, y sus respuestas son de tal variedad como diversidad de filósofos hay. Mas parece ser que, independientemente de si las respuestas a estas preguntas son capaces de ser descubiertas o no, las respuestas sugeridas por la filosofía no pueden ser demostradas como verdaderas. Aunque, a pesar de que la esperanza sea escasa para poder descubrir una respuesta, es parte del asunto de la filosofía continuar con el estudio de tales preguntas, para hacernos conscientes de su importancia, para examinar todas las aproximaciones a ellas, y para mantener con vida el interés especulativo en el universo, que es capaz de ser destruido por nuestro confinamiento al conocimiento cierto y definitivo.

Muchos filósofos, es verdad, han sostenido que la filosofía puede establecer la verdad de algunas respuestas a tales preguntas fundamentales. Han supuesto que lo que es de la mayor importancia para las creencias religiosas puede ser probado como verdadero por medio de la estricta demostración. Con el objeto de juzgar tales intentos, es necesario investigar el conocimiento humano y formar una opinión con respecto a sus métodos y limitaciones. En tal materia sería poco inteligente pronunciarnos dogmáticamente; pero si las investigaciones en los capítulos precedentes no nos han extraviado, nos vemos obligados a renunciar a la esperanza de encontrar pruebas filosóficas a las creencias religiosas. No podemos, por lo tanto, incluir como parte del valor de la filosofía un cuerpo definido de respuestas a tales preguntas. Por consiguiente, una vez más, el valor de la filosofía no debe depender sobre cualquier cuerpo supuesto de conocimiento definitivo y cierto que será adquirido por quienes la estudien.

El valor de la filosofía deberá ser buscado, de hecho, mayormente en su propia incertidumbre. El hombre que no posea de ni siquiera un nimio conocimiento de la filosofía transita a través de la vida encarcelado en los prejuicios derivados del sentido común, en las creencias habituales de su tiempo o de su patria, y en las convicciones que se han desarrollado en su mente sin la cooperación o consentimiento de su deliberada razón. Para tal hombre el mundo tiende a hacerse definitivo, finito, obvio; los objetos comunes no le producen dudas, y las posibilidades extrañas son rechazadas con desdén. Tan pronto cuando empezamos a filosofar, al contrario, encontramos, como hemos visto en los primeros capítulos, que inclusive las cosas más comunes nos llevan a los problemas de los que sólo se pueden dar respuestas incompletas. La filosofía, a pesar de no ser capaz de decirnos con certidumbre cuál es la respuesta correcta a las dudas que plantea, es capaz de sugerir muchas posibilidades que amplían nuestros pensamientos y los libera de la tiranía de lo común. Así, mientras que nuestro sentimiento de certidumbre con respecto a lo que las cosas son se ve disminuido, incrementa de forma importante nuestro conocimiento de lo que pudieran ser; remueve ese dogmatismo algo arrogante de aquellos que nunca han viajado a la región de la duda liberadora, y mantiene con vida nuestra capacidad de asombro por medio de mostrarnos el aspecto extraño que las cosas familiares tienen.

Aparte de su utilidad para mostrarnos posibilidades impensadas, la filosofía tiene el valor — tal vez el más importante y precisamente por la grandeza de los objetos que contempla — de liberarnos de las metas angostas y personales que resulta de esta contemplación. La vida del hombre instintivo está encerrada en el círculo de sus intereses privados: familia y amistades se pueden incluir, pero el mundo exterior no es tomado en cuenta a menos que ayude o estorbe lo que esté dentro del círculo de los deseos instintivos. En tal vida hay algo febril y confinado en comparación con la vida filosófica, que es calma y libre. El mundo privado de los intereses instintivos es muy reducido, ubicado en medio de un mundo grande y poderoso que deberá, tarde o temprano, reducir a ruinas nuestro mundo privado. A menos que podamos ampliar de tal manera nuestros intereses que incluyan la totalidad del mundo exterior, permaneceremos como en una guarnición de una fortaleza sitiada, sabiendo que el enemigo nos impide la escapatoria y que la rendición final es inevitable. En tal vida no hay paz, sino la lucha constante entre el deseo insistente y la impotencia de la voluntad. De una forma u otra, si queremos una vida maravillosa y libre, debemos escapar a esta prisión y a esta lucha.

Una forma de escapar es por medio de la contemplación filosófica. La contemplación filosófica no divide, en su forma más amplia, el universo en dos territorios hostiles — amigos y enemigos, útil e inútil, bueno y malo — sino que ve el todo imparcialmente. La contemplación filosófica, cuando no está contaminada, no apunta a la prueba de que el resto del universo es semejante al hombre. Toda adquisición de conocimiento es una ampliación del Yo, pero esta ampliación se consigue mejor cuando no es buscada directamente. Se obtiene cuando el deseo de conocimiento se opera por sí, por medio del estudio que no desea por adelantado, que sus objetos tengan tales y tales características, mas que se adapte el Yo a las características que encuentre en sus objetos. Esta ampliación del Yo no se obtiene cuando, tomando al Yo por lo que es, tratamos de mostrar que el mundo es tan similar a este Yo que el conocimiento de él es posible sin ninguna admisión de lo que parece extraño. El deseo por probar esto es una forma de autoafirmación y, como toda autoafirmación, es un obstáculo al crecimiento del Yo que desea y sabe de lo que es capaz. La autoafirmación, en la especulación filosófica como en cualquier otra parte, ve al mundo como el medio de su propio fin; de esta manera reduce al mundo a tener menor importancia que el Yo, y el Yo así instala barreras a la grandeza de sus bienes. En la contemplación, por el contrario, empezamos del no Yo y a través de su grandeza los límites del Yo son ampliados; a través de la infinitud del universo la mente que lo contempla alcanza a compartir algo de esta infinitud.

Por esta razón la grandeza del alma no es favorecida por aquellas filosofías que asimilan el universo al Hombre. El conocimiento es una forma de unión entre el Yo y el no Yo; como toda unión, es perjudicada si se le quiere dominar, y por lo tanto se le perjudica por cualquier intento para forzar al universo a conformarse con lo que hay en nosotros. Existe una muy difundida tendencia filosófica hacia la visión que nos dice que el Hombre es la medida de todas las cosas, que la verdad es artificial, que el espacio y el tiempo y el mundo de los universales son propiedades de la mente, y que, si hay algo que no ha sido creado por la mente, no puede sernos cognoscible y no podemos dar cuenta de él. Este punto de vista, si nuestras discusiones previas fueron acertadas, no es verdad; pero además de su irrealidad, tiene el efecto de robar a la contemplación filosófica todo lo que de ella vale, ya que encadena la contemplación al Yo. Lo que llama por conocimiento no es la unión con el no Yo, mas un juego de prejuicios, hábitos y deseos, interponiendo un velo impenetrable entre nosotros y el mundo más allá. El hombre que encuentre placer en tal teoría del conocimiento, es como el hombre que nunca abandona el círculo doméstico por temor a descubrir que su palabra puede ser que no sea la ley.

La verdadera contemplación filosófica, en cambio, encuentra satisfacción en cada ampliación del no Yo, en todo lo que magnifique a los objetos contemplados y por lo tanto al sujeto que contempla. Todo, en la contemplación, que es personal o privado, todo lo que dependa de los hábitos, del interés propio, o deseo, distorsiona al objeto, y así imposibilita la unión que el intelecto busca. Así al interponer una barrera entre el sujeto y el objeto, dichas cosas personales y privadas se convierten en una prisión para el intelecto. El intelecto libre podrá ver de la forma en que Dios ve, sin un aquí y ahora, sin esperanzas ni miedos, sin las trabas de las creencias comunes y prejuicios tradicionales, con calma, sin apasionamientos, con el único y exclusivo deseo de conocimiento — el conocimiento es impersonal, es puramente contemplativo, como es posible a un hombre tener. Es así como también el libre intelecto valorará más lo abstracto y al conocimiento universal en donde los accidentes de la historia privada no tienen cabida, que el conocimiento obtenido por los sentidos, y dependientes, como tal conocimiento debe ser, sobre un punto de vista exclusivo y personal y de un cuerpo cuyos órganos sensoriales distorsionan tanto como revelan.

La mente que se ha acostumbrado a la libertad e imparcialidad de la contemplación filosófica preservará algo de la misma libertad e imparcialidad en el mundo de la acción y la emoción. Verá sus propósitos y deseos como parte de un todo, con la ausencia de la insistencia en que esos resultados deben ser vistos como fragmentos infinitesimales en un mundo en donde lo demás permanece sin afectación por cualquier acción del hombre. La imparcialidad que, en la contemplación, es el deseo de la verdad sin contaminación, es la misma cualidad de la mente que, en acción, es justicia, y en emoción es ese amor universal que puede ser dado a todos, y no sólo a aquellos que son juzgados como útiles o admirables. Así la contemplación amplía no sólo los objetos de nuestros pensamientos, sino también los objetos de nuestras acciones y afectos: nos hace ciudadanos del universo, no sólo de una ciudad amurallada en guerra con los demás. En esta ciudadanía del universo consiste la verdadera libertad del hombre, y su liberación de la esclavitud de las estrechas esperanzas y miedos.

Así, para sumar a nuestra discusión sobre el valor de la filosofía, la Filosofía debe ser estudiada, no en nombre de cualquier respuesta definitiva a sus preguntas, ya que ninguna respuesta definitiva puede, como regla, ser conocida como verdadera, sino en nombre de las preguntas en sí mismas; porque estas preguntas amplían nuestra concepción de lo que es posible, enriquecen nuestra imaginación intelectual y disminuyen la seguridad dogmática que encierra a la mente y la previene de la especulación; pero más que nada porque, a través de la grandeza del universo que contempla la filosofía, la mente también participa de esa grandeza y se hace capaz de esa unión con el universo que constituye su más alto bien.